后浪

不确定宣言

帕雅克之伤

[法] 费德里克·帕雅克——著

陆一琛——译

四川文艺出版社

图书在版编目（CIP）数据

不确定宣言 . 帕雅克之伤 / (法) 费德里克·帕雅克
著 ; 陆一琛译 . -- 成都 : 四川文艺出版社 , 2023.4（2023.5 重印 ）
ISBN 978-7-5411-6502-3

Ⅰ . ①不… Ⅱ . ①费… ②陆… Ⅲ . ①传记小说—法
国—现代 Ⅳ . ① I565.45

中国国家版本馆 CIP 数据核字 (2023) 第 028021 号

本书简体中文版权归属于银杏树下（上海）图书有限责任公司
版权登记号：图进字 21-2022-353 号

BUQUEDING XUANYAN：PAYAKE ZHI SHANG
不确定宣言：帕雅克之伤
[法]费德里克·帕雅克 著
陆一琛 译

出 品 人	谭清洁
选题策划	后浪出版公司
出版统筹	吴兴元
编辑统筹	周 茜
责任编辑	李国亮 王梓画
特约编辑	雷淑容 张朝虎
责任校对	段 敏
装帧制造	墨白空间·杨阳
营销推广	ONEBOOK

出版发行	四川文艺出版社（成都市锦江区三色路 238 号）
网 址	www.scwys.com
电 话	028-86361781（编辑部）

印 刷	天津图文方嘉印刷有限公司		
成品尺寸	172mm×240mm	开 本	16 开
印 张	8.5	字 数	60 千字
版 次	2023 年 4 月第一版	印 次	2023 年 5 月第二次印刷
书 号	ISBN 978-7-5411-6502-3	定 价	50.00 元

目　录

前　言

　　我是个小孩，大约十岁。我梦想写一本书，把文字和图画混杂在一起。一些历险，一些零碎的回忆，一些警句格言，一些幽灵，一些被遗忘的英雄，一些树木，以及怒涛汹涌的大海。我积攒着句子与素描，晚上，星期四下午，尤其是犯咽炎和支气管炎的日子，独自一人在家里，自由自在。我已经写画了厚厚的一沓，却又很快把它们毁掉。书每天都在死去。

　　我十六岁。我进了美术学校，我很烦闷。六个月后，我离开了那里，毅然决然。我烧掉全部画作：它们不像是我所梦想的书。

　　我成了国际列车卧铺车厢的列车员。那本书突然就于深夜出现在了一列火车中，那是在跟一个彻夜无眠的旅客好几个小时的闲聊之后。凌晨，在罗马火车站附近的一个咖啡馆里，我有了这个题目："不确定宣言"[1]。在那个时代，意识形态到处存在，左派分子，法西斯分子，各种确定性在一个个脑袋里打架。意大利受到种种恐怖袭击的威胁，大家都认定是无政府主义者干的，实际上却是秘密警察所操纵的新法西斯主义者小团体干的。而他们的资助者呢？有人说是基督教民主党的高层，有人说是共济会的宣传二处[2]，甚至还有人说是美国的中央情报局。彻头彻尾的一派大混乱。在工厂中，工人全面自治已成为日常秩序。所有的政党都焦虑不安。如何让工人阶级闭上嘴？恐怖主义显然成了反对乌托邦的最佳药方。

　　在一份小报上，我发表了一篇很短的故事，它的题目就已经叫作"不确定宣言"了，那是一种以青春过失为形式的模糊尝试。那时候我住在瑞士。我离开了瑞士，我一个人去巴黎郊区的萨尔塞勒过暑假。在这个整个八月都是一片荒凉的小城镇中，在一个塔楼群的脚下，有一家酒吧，那是街区中的唯一一家酒吧。去酒吧的只有北非人。和他们有一些接触之后，我就下定决心立刻前往阿尔及利亚，去寻找我的《宣言》。不过，那却是另外一个故事了。那时候，我的书重新成形，也就是说，它重新形成为一篇枯燥乏味的草稿：那是一个孤独者的精神状态，对爱恋之苦的抽象报复，对意识形态、时代氛围、逝去时光的哀号。

我在巴黎安顿了下来，住在皮加尔街42号的顶层楼上，一间小小的两居室。始终孤单一人，没有女人，没有朋友。一年的孤独、悲惨。我没有钱，没有工作。我想尽办法发表绘画作品，但遭到所有报刊编辑的拒绝："商业价值不够。"这一理由，我将会反复听到，在巴黎，在欧洲，尤其在我将去生活一段时期的美国。我成了乞丐，好几次。所有金钱关系都是反人性的罪恶。

我用中国墨来画画，但我也用水粉颜料来表现长着人类身子的怪鸟，它们踩着滑雪板，在小小的公寓中要飞起来。我写一些很短的叙事作品，有时候短得仅仅只有几行。我毁了一切。《宣言》在没完没了地死去。

一年又一年过去，我四十岁了。我在一家出版社出了第一本书。这是一次惨败："商业价值不够。"四年后，又出版了一本新书，然后，新书接二连三地出版，奇迹般地畅销。它们每一本都是重新找回《宣言》的一种尝试，但是，每一本都与它失之交臂。于是，我重拾《宣言》，我隐隐约约地知道，这事情根本就没有完结。我拾取好几百页的笔记本：报纸的片段，回忆文字，阅读笔记。然后，一幅幅图画积累起来。它们如同档案馆的图像：复制的旧照片，照着大自然临摹的风景，种种奇思妙想。它们经历着各自的生命，却什么都不阐明，或者只是阐述一种模糊的情感。它们进入图画盒，而在那里，它们的命运还不确定。对于字词也是同样，小小的微火，就像黑色书页上的洞。然而，它们凌乱地向前，贴到突然出现的图画上，形成一些到处凸现的、由一旦借到便永不归还的话语构成的片段。伊西多尔·杜卡斯[3]写道："剽窃是必需的。进步要求剽窃。它紧紧地抓住一个作者的句子，采用他的表达法，抹去一个错误的想法，代之以正确的想法。"这话说得英明至极。瓦尔特·本雅明[4]说得也同样精彩："我作品中摘录的语句就像是拦路抢劫的绿林强盗，它们全副武装地从斜刺里杀出，把闲逛者所相信的一切都夺走。"我们总是要借用别人的眼睛，才会看得最清楚。为了更好地说出痛苦与怜悯，基督与圣母被世人抄袭和剽窃多少遍？

孩提时代，我在书本的梦幻中寄放了后来将成为回忆的东西。而现在，我依然有强烈的历史感，在学校的长椅上，我清楚地听到了奴隶们在雅典街道上的哀叹，战败者从战场上走出来时的悲号。但是，历史在别处。历史是学不会的。历史是整个社会都必须体验的，不然就会被抹去的一种情感。战后的一代人因为重建了世界而失去了历史的线条。没错，他们是重建了世界，他们也让和平降临在大地上，宛如长长的一声叹息过后，就忘却了苦难的时代。现在，我们还生活在这和平的残余中，而正是带着这些残余，我们即兴创造一个社会，一个抹去了以往许多社会的社会，一个没有了记忆的社会，就像那个美国社会，它为我们规定了要哪一种和平，至少是规定了和平的面具。今天的和平是完全相对的，因为它靠那些发生在远方的、地区性的战争滋养着，而那些战争与我们拉开了距离，体现出令人绝望的种种景象。

但是，有另一种战争在啃噬着我们，却从来没有正式爆发过：这就是"使时间消失的时间战争"，是由一种现在时态所进行的战争，而它被剥离了过去，并被粉碎在不可信的、灿烂的或幻灭的未来之中。现在时态失去了过去时态的在场，但过去时态并不因此而彻底消失——它延续在回忆的状态中，一种无生气的，被剥夺了话语、物质以及现实的回忆。现在时态把时间变成了一种空洞的时间，悬浮在一种根本找不到的历史之中，而这空洞充满了一切，并展开在一切可能的空间中。或许正是因为这空洞的自我完成，某种东西才会突然出现，就仿佛那消逝的时间应该让位给另一种时间，一种前所未有的时间。从此，被冠以"现代性"之名的现在时态就有了完成生命进程的可能性。或者不如说：现在时态应该不惜一切代价地插入它那重构的过去，以免让自己沦落到被遗忘的境地。这是哲学家科斯塔斯·帕帕约阿努[5]的郑重警告："现代性正是以一种纯粹而又专一的人类经验的名义，肯定了现在对过去的优先权。人类时间明确地脱离了物理或生理时间的支配。它不再按照天体运转或者生命循环的样子，描画出一个圆圈的形象。它从自然中摆脱出来，解放出来，它所包含的只有对物质上的那些新因素的唯一承诺：它所传达给意识的，再也不是星辰与季节那永恒不变的秩序，而是简化为人的自身、人的孤独、人的未完成状态的形象。"

历史总是愚弄我们，因为事后证明它总是有道理的。它可以完美地变成一出反对现代性和科学的开放式战争戏剧，而科学全然在它的统治之下——正如威廉·福克纳[6]所说，科学是一张"不可亲吻的危险的嘴"。

以碎片化的方式，唤回被抹去的历史和对时间的战争，这就是我创作《宣言》的目的。本卷由此开启，而其他各卷将以不确定的方式展开。

从高处坠落

譬如，当一个女仆摔坏某个东西时，她首先想到的是不要让主人立刻发现。然后，过了一段时间，或许比较长的时间，她说："是的，那是很久以前的事情了……"在她看来，好像已经没事了。

大部分人面对大大小小的事情时都是这样。这就是举重若轻。

但忧郁反向而行。对它而言，时间越长，错误就越糟糕。

——索伦·克尔凯郭尔[7]，《日记》，1851 年罪恶和灾难的潮水每天都拍打着我们，在我们的身上留下痕迹——司空见惯、命中注定的场景，一长列沉默的行尸走肉和绝望者。战争没有消失。仇恨、怨恨也不会减弱。每时每刻，世界都在呻吟，我们也在其中呻吟。绝望无法丈量。

我没有经历过战争，对围攻、轰炸和杀戮一无所知。我幸免于难。但不幸并不局限于战争。正如任何木头都能燃火，不幸渗入我们的身体，我们的心灵。即便没有疤痕，我们依旧很疼。难道是我们太娇弱了吗？

我是谁，我为何哀叹？我难道仅属于我们眼下正在上演的苦难历史，或是历史无法上演的戏码？过量的信息总是让我们越来越难听到历史的声音。迷失在失败者中的我暂时离开了泛滥的时间之流——这如棉絮般软绵的时间，要么走得太慢，要么走得太急。我的存在几乎不依附于什么，除了我的记忆，尽管司汤达[8]会如此警示我："我想象着那个事件，但或许并不是直接的回忆，仅是我对于事件形成的印象留下的回忆，这些印象极为久远，可上溯至我第一次听到别人谈论那件事的时候。"

很久以来，我感觉自己像只困兽，因自己所受的痛苦而羞愧，只得在他人视线无法触及之处偷偷舔舐伤口。我沉默了。我在自己的风暴里咬牙坚持。我装出傲世轻物、心不在焉且无动于衷的样子。但被埋藏起

7

来的旧伤痛总是以更强有力的方式重新出现。爱抚与咬痕：幸福的瞬间在我脑海中的某处闪耀，但悲伤显然更有分量。我多想挥挥手，将一切可笑的灾难一扫而空。但遥远的过去如长满黑色高树的密林，枝杈和叶簇是如此密不透风，光线很难进入，除了闪闪微光。快，那里有片林中空地！还有光！空气！

　　我意欲通过填补被遗忘的间隙来努力重塑我的青春，但没有办法。剩下的仅是散落的残余。它们被草和荆棘覆盖着。任何延续性都已失去可能。我只得将就行事。我将拼图的碎片聚集起来，零零散散、残缺不全也无妨。我将顺其自然，来什么，写什么。

曾 经

　　最后一幕总是血腥的，无论整部戏剧有多美好。我们总是在最后把恐怖塞进脑子里，现在，恐怖将永远留在那里。

——帕斯卡尔[9]，《思想录》，波尔－罗瓦雅尔

　　我的父亲平躺在客厅沙发上，母亲趴在他身上，他们紧紧相拥。我悄悄地看了他们一会儿，然后回到自己房间。屋里，我的弟弟妹妹已经睡着了。

　　1965 年初，我们在位于巴黎十二区米歇尔－比佐大街上的公寓里生活得很幸福。父亲找人给家里铺上了深蓝色的地毯。他用冷杉木设计并制作了餐桌和客厅的矮桌。家里供我们使用的课桌和厨房里的大桌子是由黑色金属框架支撑的，台面上的马赛克是父亲一片一片耐心拼起来的。

　　一些扶手椅是柳条编的，另一些则覆有粗布。花瓣形状的椅子是用灰色塑料模具制作的。墙上挂着父亲的几幅抽象派画作——让人想起色彩炫目的宇宙、血红色的心脏或显微镜下的病毒。最大的房间被用作画室。父亲日日夜夜在里面画画。他有数不清的项目：建筑平面图、歌剧剧本、屯影剧本。在瑞士，他的工作室几乎占据了老农场的整个底层，他在那里创作了关于能源史（从能源诞生到核能时代）的动画。

　　我们家没有电视，但邻居会邀请我和妹妹去他们家看《佐罗传奇》。主人公装扮成了鬼的样子——他从头到脚都裹着白床单。我怕得要死，夜里都不敢闭眼。那些鬼魂纠缠了我很久很久。

　　我现在依旧能想起父亲的样子：穿着灯芯绒裤和铁锈红套衫，剪成平头的茂密黑发，显眼的小胡子。他从早到晚抽烟。粘在嘴边的玉米纸卷烟不停地熄灭，他又不停地重新点着，眉头紧锁。

　　至于我的母亲，她钟爱彩色的花裙子。她是个金发美人，浅绿色的大眼睛明眸善睐，冷艳动人。我时常想着父母相拥的场景入睡。我和弟弟妹妹一刻都未料到他们正准备分开——在瑞士，我的母亲邂逅了另一个男人。

　　同样是 1965 年，复活节。母亲没有做任何解释就带我们离开了巴黎，去瑞士日内瓦湖畔的小城市尼翁定居。父亲独自一人留在了米歇尔－比佐大街的公寓里。

　　我离开了我深爱的小学和那里的同学们；离开了院子里栗子树的气味；还有深色的斜面课桌散发出的老木头味，这是一代又一代小学生们用过的课桌，上面刻着有趣、隐秘甚至猥琐的字样和图案；离开了墨水瓶里飘溢出的墨水味。

    我们班上有四十个男孩子。为了公平，班上所有人都穿着蓝色罩衫。白天，不同课程有条不紊地进行着，其间穿插着两个课间休息和在食堂的午餐。课程内容虽然很难，但令人兴奋。我们阅读维克多·雨果，我们背诵若阿基姆·杜·贝莱[10]、若泽·玛利亚·德·埃雷迪亚[11]和阿尔弗雷·德·维尼[12]的诗歌。啊，《狼之死》！

唉！我可曾想过，人类徒有如此伟大的虚名，
我为我们感到羞耻，我们多么愚蠢！
我们该如何离开生命，离开生命中所有的罪恶，
你们才知道，至高无上的动物们！
看看我们在土地上曾经的样子，看看我们留下了什么，
只有沉默是伟大的，其他剩下的都是渺小。[13]

　　我们借助塑料模板一遍一遍地画着法国地图，模板上镂空的小点定位着法国的主要城市；我们可以勾画不同省份的轮廓，还能描出河流，涂绿森林，竖起高山。我曾是个好学生。我喜欢我的同学们，也喜欢我的老师。一天下来，只有包括我在内的几位学生留下来准备家庭作业。

　　在尼翁，我们住在名为"芒捷特"的新大楼里。宽敞的大厅里有四个楼梯井，每个旁边还有直梯。我们住在顶楼——八楼。租客大部分是外籍工人：意大利人和西班牙人，他们的家人也住在这里。他们在工地上、大商场和面食工厂里工作。

　　我和妹妹在一个班，班里只有不到二十个学生，有男生也有女生。我们的老师是位神色严肃的女士，头上顶着几乎雕刻般完美的发髻。

　　在学习上，我进步非常大：在巴黎时，我阅读了很多大作家们的文学作品；在这里，我只需要熟背单词表上的词——我很早之前就能流利读写的词。我们的老师用矫揉造作且一成不变的语调结结巴巴地讲着课。我感到很无聊，根本听不进去。我不再做作业，也不再学习课文。我很绝望。

　　我的母亲在尼翁中学教书。P先生一周来看她很多次。我并没有意识到他们是情人关系。他们很谨慎。或者是我们这些孩子太天真了。

　　5月的一天早晨，在大楼的停车场里，我认出了父亲的那辆漂亮的雪铁龙DS21车：白色的车身，灰色带有金属光泽的车顶，还有巴黎车牌。我冲向公寓，扑到父亲怀里。两个月来，我是多么想他。他穿着崭新的黑色西装，看上去忧心忡忡。他前来说服母亲和他一起回去。他们之间说了什么，我不知道。但现在父亲又要离开了。我和弟弟妹妹一起陪着他坐电梯，一直走到他的车旁。我的喉咙像打了结似的说不出话来。

突然，父亲给了我一点钱。"记得吗？之前你把零花钱借给我买烟。我现在还你瑞士法郎，可以吗？"几乎从不哭的我哭成了泪人。他紧紧抱住我们，亲吻我们，然后戴上他深绿色的墨镜和布满装饰小洞的麂皮手套，神情严肃地关上了车门。汽车启动并渐渐驶离了停车场，穿过平交道口，最后消失在树林中。我一直哭，心里非常害怕。

这是否就是被抛弃的感觉？父母之间到底发生了什么？我一无所知——二十年后我才从只言片语中了解一些。当时，我并不知道他们彻底分开了：我再也没有听到过他们吵架，甚至提高嗓门说话。

自此以后，我们生活在离父亲很远的地方，生活在静止的时间里。在学校，我度日如年。学校假期临近了，但我们留在了尼翁。

7月的某个下午，我和弟弟还有几个同学以及我的朋友岗岗——我父母的挚友蒂亚尔夫妇四个孩子中的一个——在大厅玩。邮递员突然出现在一排信箱前。我走近他。

——"你叫帕雅克吗？"

——"是的，先生。"

——"给，这是封电报，拿回家里去。"

我拆开电报，上面写着我的母亲应该尽快与我的姑姑在斯特拉斯堡[14]会合。我想应该发生了不幸的事情。难道是我的奶奶？

很确定，应该是她出事了。希望她千万别死。我跑着把电报交给了母亲。她让我下楼继续玩。

吃点心时，我和弟弟妹妹回到了八楼。我们发现母亲正泪流满面，P先生在她旁边。他让我们围着矮桌子席地坐下，然后妈妈发话了："你们的爸爸去世了，他出了车祸。"在这一刻，听到"去世"的这一刻，我死了。我无法理解，但非常清楚。我说"我死了"，这是准确的，但也不准确：死亡让我很震惊。作为不信教的人，我对死亡知之甚少。

　　但我之前见过，在斯特拉斯堡橘园的冻湖里，一个年轻的吉卜赛人在我眼皮子底下淹死了。他身子下面的冰裂开了，他扑腾了一会儿，然后沉入了水底。我还想起在森林边上看到的死猫，可能是被猎人杀害的。从巨大的伤口里流出的血染黑了它颈部的毛，张开的嘴露出小小的牙齿和僵硬的舌尖。

　　借助三个火柴盒，P 先生模拟了车祸场景。

　　我的父亲正开着他的雪铁龙 DS21。两小时前，他离开了巴黎，前往斯特拉斯堡；他已经过了维特里勒弗朗索瓦[15]。在他身旁，助理已经睡着了，双腿蜷缩在座位上。车速高达每小时一百六十公里。父亲总是不顾危险开快车。天气很好，路上没什么车。对面的车道上有辆牵引干草车的拖拉机。突然，一辆小卡车超过了它，猛烈地撞上了父亲的车。迎面的撞击异常猛烈。父亲当场就死了。他的助理受了重伤，被直升机送到了最近的医院。经过数次手术和长达数年的康复训练之后，她才恢复健康。

　　我们去医院看望她的那天，她从头到脚都打着石膏，只有肿胀的眼睛、鼻子和嘴巴露在外面。那个场面把我吓坏了。五十年后，该场景依然挥之不去。

　　P先生继续讲着。他补充了车祸之后的几个细节：现场目击者们停了下来，偷走了我父亲的钱包还有他口袋里的米诺克斯牌相机，然后逃走了。母亲弯下腰对我说，既然小偷们没有拿走父亲的欧米茄海马系列腕表，我可以戴着它，前提是手表抗住了冲击，没有坏掉。

　　很快，我就把手表戴在了手腕上，内心很激动。对我来说它太大了，但这不重要，我很珍爱它。这是块全自动手表，靠脉搏跃动的能量来工作。父亲的死使它停止了工作。戴在我手腕上之后，手表又开始走了。长久以来，通过它内部精密的机械装置产生的规律性声响，这块表将我和父亲连在了一起。

　　我后来才知道，小卡车司机在事故中毫发无伤。他声称刹车坏了，但专家的鉴定报告驳斥了他的说法。这位专业驾驶员不但超速行驶，还醉酒驾车。法庭判处他短期监禁。

　　1965 年 7 月 27 日，我的父亲去世了。那年他三十五岁。母亲三十一岁就守了寡，还要抚养三个孩子。7 月 15 日，母亲给父亲写了这些话，但没有收到答复："我想我可以肯定，我从未真正停止过爱你，或许，我会永远爱你。"

　　我和弟弟妹妹都没有参加葬礼。母亲没有解释不让我们服丧的原因。当母亲前去斯特拉斯堡教堂和罗贝尔索街区的墓地参加父亲的葬礼时，我们几个孩子被分开安置了。

　　蒂亚尔一家接待了我，他们家里已经有三个男孩一个女孩了。柯莱特·蒂亚尔和阿尔弗雷德·蒂亚尔尽可能地安慰我。我们上桌吃饭，阿尔弗雷德打开了收音机，并让我们保持安静。怀着沉重的心情，我们认真倾听着对我父亲——"发展势头正劲但被死亡残忍击倒的画家"——的致敬。

　　我们没有看见躺在棺木里的父亲遗体。我们也没有看着他消失在一铲铲泥土下。然而，他已经离开，他永远不在了。

　　父亲的声音不再回响，他的面容也变得模糊。父亲的离开加深了我对他的爱，以至于我认为他完美无缺。对于父亲，我只留下了最美好的回忆。我仍然没去父亲的墓前。我无法这么做，我绝对做不到。

　　死亡，我的父亲？在接到父亲死讯后的那天夜里，我听到父亲和我说话，这样的对话从未停止。

印象闲谈

我试图去看，但这世界上的一切都阻止我们去看。

——布拉姆·凡·费尔德[16]，1967年4月2日

　　圣经课总是不可避免地以同样的方式开场：老师在白毡板上放上人物的小雕像，同时开始讲述《旧约》中的片段。一段时间以来，我对这些故事产生了巨大的怀疑。一天，我再也受不了，便以从未有过的激烈方式打断了课程。我说："被视作人类起源的亚当和夏娃不可能用明白易懂的语言与上帝交谈，因为史前的那些人只会发出难以辨识的动物叫声！还有，如果亚当和夏娃生了两个男孩，那么他们其中的一个需要和他们的母亲结合才能使人类得到延续。"

　　听到这些话，老师吃惊得喘不过气来，她尖叫道："滚开！见鬼了！"她命令我立刻离开教室。我摔门而出，蹲在院子里直到下课。下课时，同学们用手指着我："撒旦！你会在地狱里燃烧起来的！"

　　我回到家，内心受到了极大的震动，但我很确信我提出的异议有理。母亲只对我说："你就高兴吧，在地狱里，你会再见到你的父亲……"

　　夜里，我躺在床上，眼睛大睁着，开始想象自己在燃烧着的柴堆中，旁边就
是我的父亲。我很高兴。

　　第二天，同学们不再和我说话。母亲请求校长免除我的圣经课。但这件事引发了轰动，我成了最不受欢迎的人。我对所有课程都失去了兴趣，除了绘画课和法语作文课。几周内，我从班里第二名一直跌到最后一名，但我对此无动于衷。那年我十岁。在之后的四年内，我的成绩将一直垫底，直到我永久地离开学校。

　　对于母亲和童年，我没有任何记忆。难道是因为母亲对我不够深情？但我深深地依恋母亲，与其说是亲子之爱，不如说是一种深厚的友谊，还有某种精神上的默契——这种默契既能拉近我们的距离，也能使我们相互疏远。母亲把温柔留给了她的情人们。在所有人眼里，她是位令人钦佩的女人，讨人喜欢而且善解人意。

　　我相信，和我父亲在一起的最初几年里，她是幸福的，正如她初为人母时体会到的幸福一样。此后，她恋上了好几个情人，并渐渐变得麻木了。但我怀疑她是否真正爱过他们。

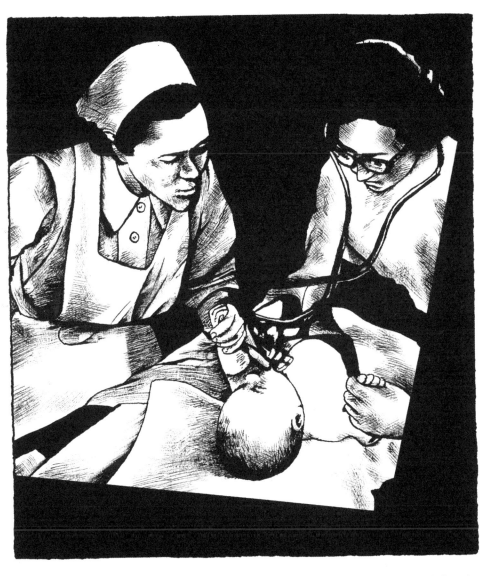

一天晚上，我坐在郊区的火车上，鼻子贴着车窗向外看去。我看到楼房里灯火通明的窗户在眼前一一闪过。我想象着窗户后面成千上万忙忙碌碌的生命终将消失在即将到来的夜幕中，消失在尘土飞扬的黑暗里。火车停了，站牌上写着：叙雷讷[17]。我就出生在这里，在这片郊区。我一生下来就离开了，因为我的父母当时住在巴黎十九区的玻利瓦尔街上。我对叙雷讷没有任何记忆，玻利瓦尔街也一样。相反，我却记得斯特拉斯堡，记得科尔马[18]，记得奥尔坦格镇[19]。我的伯伯叔叔们、我的姑姑们、我的堂兄弟们，还有我的祖母，他们都生活在阿尔萨斯省。

　　我记得阿格诺，下莱茵省的副省会。我的教父就住在那里。他有个绰号叫"衣架之王"——他的细木业加工厂制造了法国种类最齐全的衣架。我的教父很和蔼且极为慷慨，是罕见的正直之人。我和他的四个儿子在工厂贮木场玩耍，用残次的木板搭建简陋的小屋。多么快乐啊！更远一点的地方曾有一家精神病院，医院周围都是光秃秃的树。我们谈论着疯子，但我们总是压低声音，因为我们对疯狂一无所知。

回忆的回忆

你好，阿尔萨斯，交锋与争端之地。一个有着日耳曼姓氏的奴隶，一座连接两个民族的桥梁。

"部分之统一"的图景在此诞生。

正如一根缝线，将世界这块盖布上的所有碎片都联结起来。

——尼古拉·博科夫[20]，《归依》

我的父亲很能喝酒。但我一次也没见过他喝醉或失态——步履蹒跚、喃喃自语、大声斥责。他的暴力、痛苦和极端反抗都留给了绘画，他的画赤裸而强烈。

　　他是位慈爱、严格——甚至太过严苛——但公平的父亲，至少他和我们在一起时是这样，尽管我们在一起的时间非常有限。因为父亲需要不停地画画、工作。有时，他会邀请我们进入他的工作室，更确切地说，是他所有的工作室，因为他在巴黎和瑞士有好几个工作室。当他住在意大利时，他把画和画具都搬到酒店的屋顶上。

　　父亲会送我们画纸、铅笔、新色彩系列蜡笔、毛笔和水粉画颜料。我们和他一起画画。妹妹把油画颜料放进嘴里。父亲训斥了她，但没有用：他一转身，她又开始了。

　　当我们的画作完成以后，父亲会把我们随口杜撰的、离奇荒唐的画面说明写下来。例如："天空和一只向圣诞老人眨眼的狐狸。"

　　我很清楚自己是画家的孩子，并为此感到骄傲，即便我不能完全理解父亲的画——他的画被认为属于点画派和抒情抽象派，画面上的人脸很怪诞，人体像是在跳舞。

　　我重申一遍：我的父亲很严格。在饭桌上，我们必须坐直，双手放在盘子的两侧。在未经允许的情况下不能说话。不能对食物表示反感，什么都得吃，即使是那些让我们恶心的食物，直到全部吃完。妹妹吃不下青豆，她把青豆含在嘴里直到晚饭结束，然后飞快地跑去厕所，再把青豆吐出来。对我来说，最讨厌的就是甜瓜。父亲知道我不喜欢，但还是会逼着我吃一些，每次我都吃到吐。饭后，我们得收拾餐具，然后回自己房间。

我不知道父亲每天抽多少根烟。我喜欢他身上散发出的烟草与葡萄酒混合的气息。夏天，我们去意大利度假，在亚得里亚海岸，他和他的朋友阿尔弗雷德·蒂亚尔几乎一天就能喝掉十升葡萄酒。我的祖父让·帕雅克五十七岁时死于酒精性肝硬化。祖父对他的儿子和女儿一点儿也不严苛，祖母也一样。他们是善解人意的父母。尽管有战争，但我父亲的童年非常快乐。

　　1943 年 9 月 6 日，然后是 1944 年 9 月 25 日，英军和美军向斯特拉斯堡投了近六千枚炸弹。一万三千多幢楼房受到了不同程度的损毁。尽管克罗兹塔受损严重，但大教堂没有被夷为平地，堪称奇迹。美军禁止我们用照相机记录空袭造成的破坏。祖父在不顾美军警告，躲避美军巡查的同时，用水彩进行现场写生。其中一幅画展现了教堂周围备受摧残的景象。这是该事件极为罕见的证据。

　　祖母给我多次讲过战争最后几天发生的事。她记得德意志帝国那些挨饿且沮丧的孩子，他们由没有经验的年轻军官领着。出于同情，祖母给他们带去了大块的面包和一些土豆。德军占领了广阔的橘园，在那里待了好几天。接到情报的联军准备好了轰炸机。然而，德军收到间谍的消息后立刻从斯特拉斯堡撤军了。当第一批炸弹在斯特拉斯堡落地时，德军早已进入安全区域。但千余名斯特拉斯堡居民在袭击中丧生。

  20世纪50年代末，城里依然有很多受损严重的废弃建筑。有些被用作难民、流浪汉和野狗的临时住所。在市中心的拱廊下，靠近科尔博广场的那一侧，一些没腿的人和其他因战争而致残的人在那里乞讨。他们给我留下了深刻印象，尤其是他们不安的目光。他们将一直萦绕在我的脑际，出现在我的梦中。

  再往前走，沿着莱茵河畔，到处是茨冈人[21]的临时驻地，一望无垠。这些被称为"罗姆人"的茨冈人因战后反复无常的行政政策被抛弃在那里。我的祖母不信任他们。

　　此外，在阿尔萨斯，所有人都不信任茨冈人。"罗姆人"一词被认为具有贬义，甚至被用来骂人。

　　祖母从小受尽继母的虐待，童年生活非常痛苦；成家后，她也过得很不幸。她最终和让·帕雅克离了婚。祖母的生活环境深受小资产阶级价值观影响，离婚在当时意味着失败和耻辱。时髦漂亮的祖母很受男性欢迎，即便她声称自己已经完全放弃寻找伴侣。她对男士们的赞美并非无动于衷，但她更喜欢在宗教中忘记自我，全心全意地照顾孙辈们，这也成了她活下去的理由。

　　战争是她一生中经历过的最重要的事件。战争激发了她所有的潜力，并给她带来了最难忘但也最一言难尽的感受。

1938 年。——[22] 希特勒来视察孚日山脉与莱茵河之间的马奇诺防线的防御工事。斯特拉斯堡处于前线。在纽伦堡党代会之后，居民都焦虑万分。最有钱的居民们带着资产和银行里提取的存款离开了斯特拉斯堡。打着反犹旗号的示威游行随处可见：人们打碎橱窗，抢劫犹太人开的商店——斯特拉斯堡当时有着庞大的犹太社群。

傍晚，街道陷入了黑暗中。

1939 年 8 月 29 日。——警局开始分发防毒面罩和疏散地图。

9 月 1 日。——德军进攻波兰；当天，斯特拉斯堡人接到了离开城市的命令。大部分人挤进了装载货物或牲口的列车车厢，带着床垫、被子、两天的食物补给、必要工具和家庭档案。其他人则骑自行车、开汽车或者坐马车逃离。

9 月 3 日。——除了市长、市政官员和战时基础设施之外，斯特拉斯堡成了一座空城。被当局下令抛弃的猫狗们在空荡荡的街道上游荡。至于橘园动物园里的动物们，它们都被警察打死了。整整八个月，这将是场"奇怪的战争"，德国人称为"静坐战"（Sitzkrieg）。

四十三万人，即阿尔萨斯人口总数的三分之一正在逃往西南地区的路上：上莱茵省的居民们来到热尔省、朗德省、洛特－加龙省；下莱茵省的居民们来到多尔多涅省、安德尔省和上维埃纳省。第二拨民众比第一拨人数少，他们于 1940 年 5 月会合。对于所有人而言，大逃亡的经历给他们留下了复杂的回忆：有绝望、害怕，也有旅行、沿途的风景以及城镇给他们带来的惊叹，还有在城堡公园、学校、市政厅和谷仓里的短暂休息。有时迎接他们的是敌意：因为阿尔萨斯人的口音和方言，他们被称为"德国鬼子"。但在某些城市如佩里格[23]，居民们欢庆他们的到来。

在整个旅途中，我的祖父都在画风景。他很乐意用一幅水彩画换取食物或一张刚铺好的床。

五十年后，一个炎热的夏季，我在离阿瓦隆[24]不远、位于勃艮第山中间的某个城堡里工作。我睡在拖挂房车内，并在城堡二楼洗漱。每天早晨我上楼时都没有注意到挂在墙面上的照片和画作。一天——不由自主地——我被一张画有城堡及花园的水彩风景画吸引住了。我认出了祖父的风格，并从不起眼的签名中得到了证实。我打电话给祖母。她很确切地忆起在逃亡时期他们曾经在那个城堡里住过。这张朴实无华的画作使我万分激动。我几乎能切实地感受到祖父的存在：我在自己体内感觉到了祖父的身体，我用他的肺呼吸，用他的嘴说话，用他的眼睛来看。我指间拿着蘸满颜料的画笔——现在我能做的就是让桌子转起来 25！

1940 年 6 月 28 日。——希特勒率领凯旋的部队直抵凯尔 26，跨越了莱茵河。在斯特拉斯堡大教堂前，希特勒对着部队高谈阔论起来，他问："我们应该把这宝物还给法国人吗？"下面的人异口同声："绝不！"

自秋天起，纳粹命令遣返撤离的阿尔萨斯人。这些人深信战争结束了，并认为自己被法国抛弃了，于是便准备回老家。占领军展开双臂迎接他们的归来，并向这些"失散的兄弟"表示欢迎。管弦乐队为他们演奏着一首德国老歌的旋律：哦，斯特拉斯堡，你美丽的城市……

德意志帝国劳工局的年轻人甚至赶来帮他们搬运行李。在接管政府部门之后，纳粹开始了肃清工作——把不受欢迎的人赶出去。成千上万的犹太人被送往位于比利牛斯山的居尔集中营 27，他们的资产被没收或者拍卖。

1940 年 9 月 12 日。——斯特拉斯堡的犹太教堂被夷为平地。

上莱茵省和下莱茵省，以及摩泽尔省都成为帝国领土。所有地区被强制性德国化：禁止说法语，既不能说"bonjour"（法语：你好）也不能说"merci"（法语：谢谢），否则要罚款，累犯的话要被关进劳改营。阿尔萨斯方言中的法语词也被剔除了。自此，招牌、指示牌和路牌都要用德语写。法语书被公开销毁。法令规定，所有名字和姓氏中听起来像法语的都必须换掉——我的父亲，雅克，变成了雅各布，而他的学校圣克洛蒂尔德正式更名为"古德伦学校"。1942 年，所有十到十八岁的男孩子都被派到"希特勒青年团"（Hitlerjugend）。整个德占期间，我的父亲都穿着他们的制服。

看到儿子和同伴们不得不穿着可笑的纳粹制服在街上列队游行，我的祖母感到非常痛心。纳粹很善于给他们灌输思想，还承诺向表现优异的成员发放奖章。我父亲的姐姐莉莉亚娜既没有蓝色的眼睛，也没有金色的头发。人们常常叫她"波拉克[28]–犹大[29]"。

到了上战场年纪的男孩子们被强制要求加入德国国防军或者党卫军，并被派到俄国前线。此后，这些人把自己称为"被抓去当兵的人"[30]。我的伯伯勒内参加了苏德战争。但他成功逃离前线，并加入勒克莱尔[31]元帅率领的法国军队。1945年2月2日，他站在坦克上，以解放者的姿态进入科尔马。战后，他在那辆老标致203的车门上用大字写道："为被抓去当兵的人伸张正义。"

德占时期总能引发成千上万的回忆和逸事，这些片段或多或少是真实的。我的祖母尤其擅长回忆，她喜欢讲述战争时期的种种经历。她的叙述不乏怀旧之感，以至于受其情绪感染的我总能感受到心头萦回不去的忧伤。

绝望的色调

我恨你，撕裂你，唾弃你，恐慌起来吧
石头依然在那里，只有水流过，跳起华尔兹吧

——本雅明·丰达内[32]，《尤利西斯I》，1933年

  我十四岁了，和妹妹一起住在迪约勒菲，就读于罗斯雷寄宿学校。复活节假期时，母亲带着弟弟和她的新男友一起来接我们。她的男友正是我们之前的绘画老师 H，他的年纪比母亲小。

  母亲之前开的红色 Mini Coopcr 曾两次在高速公路上发生引擎起火事故，于是母亲给自己买了辆豪华的英国车：路虎 2000。车很宽敞，配有真皮座椅和高雅的木质仪表板。

　　我们的车驶向西班牙南部，目的地是热带海岸的度假胜地阿尔穆涅卡尔[33]。母亲开着车，整个行程将耗时两天，途中会在巴塞罗那稍作停留。H 始终没有说话。他是个沉默寡言的人，更喜欢倾听——或者假装倾听。我母亲也什么都没说。

　　自出发时起，我就有种预感：我们所有人都将死于一场车祸。为了避免相撞，只要我们一停下休息，我就练习如何钻到前面的座椅下面。当车又启动时，我的眼睛总是紧盯着马路：我等待着灾难的降临。

　　在西班牙边境，我们碰巧遇到了我之前的一位老师。他个子不高但很专横，白发，平头，蓝色的眼睛散发着金属光泽。他至今都没结婚，依旧和母亲住在一起。他是个同性恋。当海关人员搜查他的行李箱时，他用混杂着嫉妒和苦涩的眼神看着我们。他勉强地笑了下，用手和我打了个招呼。我转过头去。

　　我们到了西班牙。一片片干涸的小山林在我眼前展开。这是我第一次在现实生活中看到如此巨大的仙人掌。

在巴塞罗那，我们看到了国民警卫队的骑兵，他们身着制服，头戴黑色三角帽，腰板挺得很直，似乎趾高气扬。一些人拿着步枪，另一些配有警棍。他们迈着平常的步子慢悠悠地走在大道中央。我们处于 20 世纪 70 年代，西班牙正在经历"大元帅"[34]统治的最后几年。气氛非常压抑。

在酒店度过一晚后，我们又上路了。旅途很漫长。过了阿利坎特[35]，H 提议从塔韦纳斯沙漠[36]那边绕一下，那里有一些"意大利西部片"[37]的拍摄地。

　　我们参观了一个破败不堪的小城，真正的鬼城，那里有酒馆、旅店和郡长办公室。

　　几公里远的地方，在一条完全笔直的道路尽头，接近直角弯道——也是唯一的弯道——的地方，我们看到了两辆嵌在一起的车。碰撞事故刚刚发生。其中一位驾驶员的头被压得粉碎。一位乘客被甩了出去，躺在敞开的车门旁边，两眼翻白，嘴大张着。那个场面惨不忍睹。三个男人的尸体被装上了救护车。毫无疑问，他们已经去世了。

　　夜里，筋疲力尽的我们终于抵达阿尔穆涅卡尔。传统风格的房子看起来很宽敞，墙面用石灰刷白。天气又冷又潮湿：现在是四月初，冬天还未完全离开。

　　第二天早晨，天下起了雨。我穿上雨衣，冲向灰蒙蒙、失去光泽的沙滩。海水冰凉冰凉的，浪花有序地拍打着沙滩，海风发出芦笛一般的声响，大海就像被海风揉皱的炭纸。什么事情都做不了，除了躲进屋子里。时间停滞了。无聊使我沮丧。

　　H 和我母亲之间没有爱情——更多的是争执，以及在他们的眼神、姿势和窃窃私语中显露出来的对彼此的厌烦。在湿漉漉的天空下待了一周后，我们就打道回府了。

　　在回去的路上，我的预感并没有消失：我一直等待着事故的发生。过了塔拉戈纳[38]不久，太阳终于露面了，但时有时无。所有人都跑去海里游泳，除了不会游泳的我。我独自坐在车里，读着《探险家麦克斯历险记》[39]。我被这本漫画书彻底迷住了，以至于没有注意到其他人都回来了。我几乎没有听到汽车启动的声音。

　　母亲开车时速高达一百四十公里。我紧盯着手里的书，没有抬眼。突然天下起了暴雨，很快路面上就积起了水，像镜面一样闪闪发亮。突然，一只狗蹿过了马路。为了避开它，母亲打了下方向盘。这时全速行驶的车子在潮湿的沥青马路上打滑了，直接驶向对面的马路，而后又突然冲出了车道，滑下了斜坡，转了一圈又一圈，直到车整个儿翻了过去。

　　我抬起眼，车后排的长座位就在我上方，我感觉到弟弟的身体就在我旁边。引擎还在继续运转。

　　我壮着胆子问："你们还活着吗？"母亲回答了几句话，但我听不清。然后又传来 H 的声音，以及弟弟妹妹的声音。我们都还活着。 H 转了下钥匙，关闭了引擎。我们很艰难地从后面的车门和后面一扇碎掉的车窗里爬了出来。后备厢被强行撞开了，我行李箱里的东西散了一地：雨落在我的衣服上，落在我非常珍惜的书本上，但这样的场景让我无动于衷。我全身都很痛。我们大家都很痛，即便我们没有任何明显的伤口。

　　多么惊人的场面：汽车像一具沉重的动物尸体一样朝天躺在空地中央，四个轮胎还悬在空中。雨不停地从我们身上流淌下来。周围有一排房屋，我看到人们把胳膊肘支在窗框上看热闹。他们面无表情地看着我们。没有任何人赶来帮我们。那时正好是耶稣受难日的下午三点整。那时那刻也正好是耶稣去世前朝天呼喊的时刻："我的上帝，我的上帝，你为什么抛弃了我？"此时，黑暗笼罩着大地。

　　事故的目击者们很清楚，这是个充满迷信的时刻：或许他们害怕地动山摇，害怕坟墓开启，走出成群结队的尸体。每年的这个时刻，我们都在平静地等待着世界末日。

　　·小时后，警察终于来了，还有救护车。救援队甚至没给我们做检查就离开了。我们的伤口很快就开始疼起来：头、颈椎、肩膀以及背部的疼痛，还有手脚挫伤。

　　自从我们回来以后，母亲抱怨头疼，医生诊断为颅外伤。时至今日，我有时仍能感到颈椎、肩膀和脊椎处旧伤发作时产生的疼痛。

　　警察并没有留我们，他的神情带着敌意，仿佛在责备我们。他们急急忙忙地打了份报告。我们在海边的一个酒店里过了夜。第二天，我们坐飞机离开了西班牙。这是我人生中第一次坐飞机。我担心飞机会失事。

　　很多年以后，谈起这次遭遇，母亲用几乎很洒脱的语气向我倾诉道："当时，我想杀了我们所有人！"

无止境的世界末日

挖吧，蠕虫！

——弗里德里希·尼采，《遗稿》[40]，1888年夏巴塞罗那，2017 年 3 月 26 日。——我经常提到传统的大众菜对我来说有多珍贵。西班牙式什锦饭就是其中之一。我的朋友米卡尔和我一样，为了碗什锦饭我们甚至可以下地狱。尽管我们喜爱正宗的什锦饭——瓦伦西亚式什锦饭，但我们可以接受加一些鱼和海鲜，或者用海鲜替代传统的兔肉和鸡肉。用味道比较柔和的兔肉或鸡肉来减轻鱼肉有些令人恶心的冲味儿很不错。

还不能忘了橄榄油、西红柿、扁豆、菜豆、辣椒和藏红花粉，为什么不呢？还有洋蓟、甜椒、青豆、鹰嘴豆、鸭肉、猪肉和蜗牛。整体要做到油而不腻，米饭要酥脆，当锅竖起来时仍能粘在锅上，这都是油的把戏。什锦饭是门艺术。这也是西班牙各省之间"开战"的理由，就像"法国什锦锅"[41]与"古斯古斯"[42]之间的战争一样。各方各派都有理，只要他们不屈服于时下流行的"再造"——"遗忘"之独裁的无耻助手。

我独自吃着饭。母亲很有感触地称赞着服务生给我端上的什锦饭。我们对美好的事物有着同样的品味，即便在母亲身上，对美食的爱好显现得比较晚：在她第二次婚姻之后。母亲曾长时间禁止自己和孩子们享受美食，但她最终放开了。印象中，自己在童年时期从未吃过母亲做的菜。我们吃得很不讲究——炸鱼排、小牛肝和碎牛肉排。父亲去世后，厨房打杂的差事儿就落到我头上了。我负责洗蔬菜，把面条放进沸水里，然后再把水沥干。我们各自加入一些人造黄油和管装的浓缩番茄酱。

每周四下午，我和妹妹独自在家。我们尝试做一些奇怪的，有点类似煎饼，但又有点儿像烤焦的饼干一样的东西吃，虽然能填饱肚子，但难以消化。

在西班牙，西班牙菜还能站得住脚，西班牙红酒也不错——我在这里喝的产自里奥哈[43]雷蒙毕尔巴鄂酒庄[44]的红酒品质非常不错。尽管西班牙菜比不上法国菜或者意大利菜，但它们的历史都很悠久，做法也很讲究。西班牙菜很复杂，因为它既来自陆地又来自海洋，既来自高山又来自平原，既来自城市又来自乡村。

啊！赛拉诺火腿，伊比利亚黑脚猪火腿，野生黑猪肉，加利西亚牛肉……每个省可以自主安排自己的菜色。我们则屈从于那些相互嫉妒的菜谱。西班牙令人感慨——它的餐桌，它的灵魂，它的景色，它的街道，它被骄傲的外墙、放肆的建筑所环绕的广场，还有它既坚实又狂热的天空。相比于经常和我一起喝酒喝到不觉口渴、喝到第二天凌晨的克莱芒·罗塞[45]，相比于被享乐主义所救赎的悲剧哲学家弗雷德里克·齐福特[46]——我忧郁的兄弟，格拉西安·伊·莫拉莱斯[47]的热心读者，我对西班牙的文学、音乐与酒还不够熟悉。

他们俩内心都是伊比利亚人。西班牙将克莱芒从尼斯和巴黎的矫揉造作、虚情假意中拯救出来。至于弗雷德里克，他深爱着西班牙，仿佛自己是西班牙的私生子。他喜欢西班牙摩尔式和茨冈式的弯弯曲曲，因为他知道历经曲折，一个民族才能成形。他自称为"没有才能的哲学家"，决心将自己虔诚的忧郁浸没到比亚里茨海滩[48]的巨浪中。一杯里奥哈的红酒同样也能做到。

我喜欢大餐馆——我指的是那些宽敞的餐馆和餐酒馆。我喜欢服务生穿着得体：白衬衫、马甲、黑色的西裤和领结。我喜欢女服务生穿着朴素的黑裙子，完美的白衬衣。这样的着装见证了职业的使命感：接待、上菜、上酒水是门技术活儿。越来越多的新式餐馆容忍甚至鼓励员工不修边幅和顾客打成一片。所有的礼节和仪式都消失了，服务生和顾客之间的亲近和随便只是为了掩盖菜品的缺陷。一位穿着得体的服务生不会因需要退回一盘太冷或者烧得太过头的菜、一瓶有软木塞味的葡萄酒而表现出不乐意；恰恰相反，他会将此视作他的荣耀。在餐饮业，荣誉感是一种美德。

我经常旅行。在餐馆里，我不厌其烦地观察着服务生们的来来去去，饶有兴致地和他们聊天，或在用餐完毕后和领班、老板们聊上两句。

在这个朝向巴塞罗那港口的餐厅里，大概有二十来个服务生，都是男人。威严的帝企鹅们在餐桌间舞蹈，相互比着谁更体贴入微——但没有半点奉承。很明显，这份难对付的职业已经融入了他们的血液。在这份常被误认为属于纯商业的职业里，人性——由谨慎、亲切、直觉、计谋和威信构成的人性——扮演着重要角色。服务生需要发挥具有人性化的特质，他在不可或缺的社交中扮演重要角色。有一些很出彩的服务生，他们像是踩在无形绳索上的杂技演员，从一张桌子走到另一张桌子，嘴里总是说着恰到好处的话——严格的时间分摊和冷静的辩论。

有一家美国人突然出现在快要挤不下的餐厅里。那是一对父母和正处于青春期的子女：一个女孩和一个男孩。

父亲五十来岁，头发花白；他趾高气昂地走着，穿着百慕大短裤，身材修长，这都归功于健身房中的持续锻炼；母亲一头金发，脸色憔悴，用宽松的运动套装掩饰着肥胖；女孩差不多十六岁，穿着显眼的紧身运动短裤和文胸，一头柔顺的黑发，容光焕发；她的弟弟刚刚变声，毫不掩饰身处巴塞罗那能大口享受塔帕斯[49]和红酒的喜悦心情。

父亲感到无聊。他几乎什么也没吃；他想要保持身材。他想着他的工作、他的同事和他的秘书——或许还是他的情人。在任何时刻，他都未曾表现出对妻子的温情。他不和她说话。她也不奢求什么，孩子们的陪伴让她很满足。

我长时间观察着他们。这对循规蹈矩的夫妇，他们试图在游客的装束下显得更年轻些。他们分担的痛苦是公平的，但他们对此闭口不谈，直到某个晚上，或许在如火山喷发般宣泄的怒火中。空气中充满了硝烟味。

我对他们俩无尽的不幸充满着同情。我太清楚不过，那一刻男人对女人已不再有任何欲望。相比于自己的妻子，他喜欢那些更娇艳、更令人兴奋、更年轻的女人，那些让他相信自己仍有吸引力的女人。他的妻子则试图将婚姻中的残余断片聚拢起来，还不妥当地将孩子们算入其中。但孩子们很快就会离开，他们会让母亲独自面对自己，面对自己的虚无。

一位服务员给我端来了铁板烤鱼：这道菜完全失败了。然而多宝鱼是完美的海鱼，甚至是最好的。上帝啊，多糟蹋啊！它浸在了油里，肉烤得太老了，牙齿一嚼就变成了泥。配菜也一样：乱七八糟的蔬菜杂烩，要么煮过头要么太生，普普通通的甜椒、湿答答的西葫芦、冷冻的青豆和洋蓟，被辣椒粉污染的土豆。我的措辞不足以让服务生把菜送回厨房。我来了，我尝过了，我走了。服务生很难受，他的喉咙好像打了结似的说不出话，只是尽可能地和我打了个招呼。

餐桌上的艺术事关集体：当厨师长无法胜任时，整个团队都要付出代价。让那个罪人吞下他做出来的病恹恹的鱼、绝望的肉、被虐待的蔬菜和那些粗制滥造的酱汁！长久以来，午餐一直被认为是盛宴；现在，午餐变成了午间休息时吃的"早餐"。

"出生在某个地方的快乐傻瓜们"

　　你的，我的。"这狗是我的。"那些可怜的孩子们说，"这里是我晒太阳的地方。"这就是世界上一切僭用的起源和写照。

——帕斯卡尔,《思想录》

1099 年 7 月 15 日。——十字军从南门进入耶路撒冷，将他们的敌人——"异教徒们"赶尽杀绝。《第一次十字军东征匿名史》[50]里写道："杀戮是如此惨烈，以至于我们行走在漫至脚踝处的血水里。"

耶路撒冷，1995 年 12 月。——我前往亚德瓦希姆大屠杀纪念馆[51]——用于纪念大屠杀受害者的宏伟建筑。我和接待处的工作人员交谈了许久。他向我展示了一张列表，上面记录着所有法国国营铁路公司发出的前往集中营的火车。每个姓氏、名字、出生日期和出发地都被警察谨慎地记录在册，字迹工整。整整两天，我仔细地阅读这些清单，在这个或那个姓氏上停留。为什么记录下所有被送入集中营的人？为了纪念谁？刽子手还是受害者？那些离开后再也回不去的人，他们的名字一行接着一行。我熟悉这其中许多姓氏，无论是法国的、斯拉夫的、犹太的还是其他的。我长时间停留在从阿尔萨斯南部出发的队伍名单上，我母亲那边的家人就来自那里。

一天，我问母亲我们是不是犹太人——我外祖母结婚前姓"伍尔夫（Wolff）"。我母亲这样回答我："只有一个'f'的'伍尔弗（Wolf）'才是犹太姓氏。我们姓'伍尔夫'，有两个'f'，所以我们不是犹太人。"

在列表里，我寻找阿尔萨斯的"伍尔夫"。里面有很多"伍尔夫（弗）"，一个"f"、两个"f"的都有。我应该如何理解？德国人并没有区分"伍尔夫（Wolff）"和"伍尔弗（Wolf）"。因为它们没有区别。我之前未曾在意过这个问题，但机缘巧合，那次耶路撒冷之行将这个问题摆在了我面前。我的外祖母玛尔特·伍尔夫嫁给了夏尔·马修，她可能是犹太人，所以我的母亲也可能是犹太人。这个秘密如何隐藏了这么久？我转身朝向工作人员，向他讲述了我的困扰，他微笑着表示理解。

外面，天阴沉沉的，下起了雨夹雪。而后，雨夹雪变成了雨，这场雨持续了很多天，街道全被淹没，乡村变成了沼泽。

那天夜里，巴勒斯坦人朝着我车上的挡风玻璃丢了块铺路石。我没有怪他们。前一天，在伯利恒[52]旁边，我曾沿着他们凄凉的营地走过，周围满是绕着有刺铁丝网的高栅栏。我在阿拉伯街区闲逛，到处都是破败不堪、满是灰尘的房子。我住在巴勒斯坦人开的酒店里，他们大部分是基督徒：他们的接待让我喜出望外。但在他们眼里，我看到的更多是阴沉和沮丧，而不是愤怒。五年后第二次起义[53]将会开启。

我回到巴黎。刚刚到家，电话就响了，是母亲打来的。"你到家了吗？现在你都明白了？"她继续说，"我之前不想和你谈论此事，不仅是你，我不想和任何人说……"

她做出了解释，更确切地说，她自我辩解了一番。1940年6月，当德国人占领科尔马和周边时，她的名字被德国化了：玛丽-奥迪勒变成了卡蒂娅。她那年六岁。她的父亲四年前去世了。她和哥哥、妈妈一起住。作为女孩，她被强制要求加入"青少女社群"[54]。6月22日，她参加了区长罗伯特·瓦格纳的官方访问。母亲和她的同学一起给瓦格纳献花——她将一直记得这一幕，正如她一直记得高音喇叭里传来的阿道夫·希特勒恐怖的声音一样。在阿尔萨斯，迎接区长的气氛是冷淡的，他经过时居民们都默不作声。在庞大的随行队列中，只有被召唤来增援的德军才放声大叫："希特勒万岁。"

在距离科尔马很近的奥尔坦格，我的外祖母玛尔特经营着一家旅店，同时是一家肉店和熟食店。纳粹征用了旅店房间，并将他们的总部设在旅店一楼。在他们不间断的威胁下，外祖母只能给他们提供食宿，帮他们洗衣物，并为他们打开酒窖，供应他们每日的酒水。她和她的两个孩子成了自家屋檐下的囚徒，不得不与占领军住在一起。任何抗议都会遭到惩罚。

1940 年，那些好几代都皈依基督教的犹太人还不需要担忧。但自 1942 年以来，元首[55]的政令越来越强硬：公开追捕所有犹太人，无论是否皈依基督教。那些父亲甚至祖父是犹太人的也同样遭到了追捕。

纳粹并没有料到我的外祖母也是犹太裔。她缄口不言。她也几乎不怕被检举，因为居民们都憎恨占领军，以非常消极的方式——"拖着脚走路"——抵抗着：他们的阁楼里都藏着法国国旗。一位纳粹军官这么回忆道："当我们进入奥地利时，有人为我们欢呼喝彩；在捷克斯洛伐克，有人向我们扔石头；在波兰，人们朝我们射击。但最糟糕的接待是在阿尔萨斯，处处是沉默和鄙视。"

外祖母成功熬过了德占时期的那几年，且无所畏惧。在很久之后，她才告诉孩子们真相。她让孩子们发誓永远不把秘密说出去，因为"这些事情在任何时候都可能重演"。我的母亲信守了承诺，直到我从以色列回来的那天。之后，她又反悔了，再后来就干脆否认："我从未告诉过你这些！"

现在，我"后知后觉地成了犹太人"。我应该有怎样的感觉，或者我感觉到了什么？喜悦？否认？遗忘？早在通过我的母亲——即通过直系血统——成为犹太人之前，我已经凭借历史成了犹太人。那是一种绝对的、无法抑制的情感。在孩提时期，我很善良，长于共情。在我记忆最深处，我最早意识到的饱经苦难之人是斯特拉斯堡的茨冈人。冬天，我注意到他们身上穿着好几层裤子和套衫。他们用黑珠子一般闪亮的眼睛寻求着我们的怜悯。我暗暗地欣赏他们。在秩序井然的阿尔萨斯，我欣赏他们的特立独行和格格不入。然而我从未感受到道德上的怜悯。直至今日，我对怜悯以及随之而来的虚情假意都保持警惕。我更乐意亲近他们，与他们类似，但又不与他们融为一体。这与其说是有意识的选择，不如说是一种本能的倾向。

因此，声称自己属于"上帝的选民"对我来说是无法想象的。所有声称被选中的民族必然会损害到其他民族。这是一种挑衅。此外，"民族"这个词在我看来有争议。每个人是独立的个体；他是一个民族甚至几个民族的一部分，而民族本身也是由部分组成的。将自己等同于民族的任何人都自以为拥有理应属于他的土地。

城市、村庄、省、国家：每个人都感觉到，或者都希望感觉到从属于某个地方。他认为这土地属于他和他的同胞们，他会尽全力捍卫这片土地，甚至会为它拿起武器。所有的战争都是领土之争，即使它们因其他原因爆发或为其他目的而继续。战争都是以民族名义发起的，因为某个民族声称拥有某块领土。但所有领土都是暂时的，以至于一个民族的灵魂也是不断变化着的；民族的灵魂以怨恨、沮丧、愤怒和强烈的欲望为食。视情况不同，民族的灵魂可以要求得到惩罚或者幸福。但如何了解一个民族的灵魂？

每个人确实都在某个地方出生，有时甚至是在船上、火车上、公交车或者汽车上。他可以在养育了好几代人的房子里出生、成长，而他的后代也将在那里出生。出生地被认为是合法的，但也可能源于纯粹的偶然。我们可以出生在一个地方，但出于对冒险或者异域情调的喜好，或者出于被迫，我们却在另一个地方长大。历史就是不断的流亡。多少人不得不因为战争或灾难而放弃一切？我们把他们称为流亡者、难民和移民。他们被扔进临时简易的营地或者住所，并尽可能地重新开始生活。他们来自四面八方，因"国际社会"的软弱、寡断与无能而被随意驱赶，并在可能的地方下车或者下船。今天大部分流亡者将再也无法回到他们的故乡。

我或许不是犹太人，但我对犹太人并不陌生。我属于一种语言。如果说我会好几门语言，那么我就属于好几门语言。他人的语言使我浮想联翩。我希望自己也可以掌握那门语言。那些能从一门语言切换到另一门语言的人让我肃然起敬。

　　我住在巴黎。我总是隔段时间就去那里生活一阵子。我有一些回忆：在圣路易岛的波旁堤，在我们的阁楼和楼梯井里。那时，父亲正和住在那里的火山学家哈罗恩·塔捷耶夫[56]聊着天。我看了塔捷耶夫的电影《火山禁止令》，尼拉贡戈火山爆发的场面让人终生难忘：沸腾的熔岩湖，爆裂的气泡。

　　在街上，我曾被塞纳河桥下或河边的流浪汉吸引。我曾为街头叫卖面包的小贩而感动。我仍能回想起那种热乎乎、酥脆的长棍面包的香气和味道。

　　我诞生于这些墙、这些街道、这条河吗？所以这就是我的领土吗？但巴黎并没有融入我的血液。我不会因她而哭泣，甚至不会对她微笑。然而我爱上了她不知名的街道，爱上了在有雾的夜晚去东站或剧院广场时迎面走来的陌生人群。我爱上了直至凌晨才打烊的夜间酒吧，爱上了那些抱着我的腿让我再喝一杯，此后再也见不到的"被伤透了的心"。我爱上了在巴黎闲逛时突然出现的，我之前从未见过、之后也不会忘记的小街。在巴黎，我能一连逛上好几个小时。

　　汽车、小卡车、公共汽车、摩托车、低座小摩托车和自行车争相抢道。人行道上是分流出来的一群群路人，他们彼此漠不关心，并极力避免多看他人一眼，生怕多说一个字。因为每说一句话就不得不摘下面具，多说一句话，摘下面具的时间就多一会儿。空气中带着电，但这是种"软电"，它终结了一切生气与活力。我在露天的墓穴里畅游，走在衣冠楚楚、戴着领结、发型考究还化着妆的骷髅们中间。

　　傍晚的地铁里，那些额头上冒着汗、腋窝里散发着汗味儿的垂死者们不停地死去。在这停滞不前的漫长时间里，整节车厢都在死去。到站后，每个人各自回到自己的窝里，紧闭装甲大门，在沙发深处逃离现实世界。随着电视开启，电视画面如肮脏的涎沫一样被喷射出来。

　　1968年"五月风暴"爆发时我十三岁。我们住在洛桑。母亲把我和弟弟妹妹单独留在公寓里，她自己则跑去巴黎"干革命"。我们只能通过广播关注事件的进展。晚上，母亲打电话给我们讲述拉丁区的暴动。我们担心得要命，她却一点儿不担心我们。

　　接下来的一周，她回来了，陪她一起回来的还有她的新情人。他是个知识分子，厌恶孩子，我们也一样讨厌他。他以"银是种有毒的金属"为托词，将我们所有的银餐具从抽屉里拿出来，扔进了垃圾桶。

　　我和妹妹给他起了个绰号，叫"铜绿"。他的几个朋友从巴黎来。其中一个姓C的自称为雕塑家，他被情境主义[57]者们的首领戏称为"副长官"。他住在纽约。他提议用他的一件废铁作品来装饰我父亲的坟墓。感谢上帝，我母亲拒绝了。 C有一条大丹犬，和牛一样高大，名叫"拉瓦绍尔"。它每天要吃大量的肉。一天晚上，在壁炉前，"铜绿"将一整瓶威士忌酒灌进了它嘴里。可怜的狗烂醉如泥，瘫倒在地毯上不断呻吟，四条腿伸直叉开。

　　母亲和她的新朋友们再次启程去巴黎。C把拉瓦绍尔留给我们照顾，他过几天再接回去。在法国共和国安全部队的警棍击打下，拉瓦绍尔将在路障上死去。

　　在母亲的汽车车座里，C和他的朋友们藏了好几件在瑞士购买的武器。他们说："要为内战做好准备。"对此一无所知的母亲驶过了边境，海关官员们也没有注意搜查。这些武器后来怎么样了？落到了谁手里？

“五月风暴”接近尾声之时，母亲回来了，她即刻变成了一位女权主义者。

她积极地参加新兴的女性解放运动，有些集会在我们家举行。她的新朋友们穿着西服裙套装，坐在客厅的毯子上；她们抽着烟，喝着酒，一直聊到深夜。我经常听到一个词：“大男子主义”。但我不知道这个词的意思。一天，她的一位女性朋友粗鲁地质问我：“你已经上过床了吗？”我才十三岁。“上床”是什么意思？我躲进了我的房间。

　　一天，上次那个女性朋友带着她当时的男友过来了。她男友是个年轻的托洛茨基派[58]律师，头已经秃了。他从上衣口袋里拿出了一管软膏。"这款软膏有助于更好地勃起。"他笑着解释道。所有的女士们都笑了。他转向我，问道："你想试一下吗？"她们笑得更起劲了。我讨厌他们。我讨厌我的母亲。

　　一年以后，我的姑姑莉莉亚娜让我参加由滨海夏朗德省孤儿院组织的夏令营。8月1日，我坐大巴到了奥勒内－圣东日。天气酷热难耐。为了换取下午的自由活动，我们用整个上午来修复一个废弃的磨坊。这是个令人筋疲力尽的活儿，由一位粗暴易怒的老师负责指导。食堂的饭菜糟透了：烧过头的干菜豆端上来时几乎已经凉透了，肉块很稀少，面包干巴巴的，汤汁里漂浮着死苍蝇。

　　我和一个年纪相仿的男孩成了朋友，他来自米卢斯[59]。他是个流氓坯、反抗者。我们一起鼓动同学们拒绝食堂的餐食。一场反抗运动就此爆发。我和我的朋友被带到了警察局。我们在牢房里过了一夜，而后在没有通知家长的情况下被驱逐出了夏令营。

　　我们搭便车去巴黎。我们睡在谷仓的干草堆或田地里，清晨露水刺骨，但我们很自由，很幸福。路途很长，很少有司机停下来。

　　三天后，我们终于到达首都。我在人行道上飞快地奔跑，寻找面包店。我特别想吃一根记忆中的又热又脆的长棍面包。我跑得太快太远，甩掉了我的伙伴。他去了哪里？人群把他吞没了，我们再也没有见面。我独自咀嚼着我的那块面包。可怜的小欢喜。

　　天黑了，我寻找地方过夜。我在街上游荡了一会儿，又去了塞纳河岸，最后在桥下找到了庇护所。那里已经有十来个流浪汉。我坐得远远的。他们中的一人向我走来，递给我他的酒瓶。我没有喝。他嘀咕了些什么，然后又回到了同伴们身边。他们醉醺醺的，躺在临时搭建的简易床铺上，很快就在阵阵鼾声的协奏中睡着了。夜色晴朗，我倾听着河水的汩汩声、汽车的噪声，以及对岸的汽笛声。我听到桥上喧闹的说话声：人们玩得正尽兴。我从未像那天晚上那样感受过巴黎，也从未像那天晚上那样爱过巴黎。

　　清晨，我用仅有的钱买了一根长棍面包，细细地品尝着每一口。天已经很热了。人行道旁边的大树为我遮蔽阳光，巴黎疯狂地亲吻着我。我给莉莉亚娜姑姑打电话。没有人接听。她应该也去度假了。我决定去找住在科尔马的德妮斯姑姑。我伸出拇指[60]，独自上路了。当我按响门铃时，姑姑把我拥入怀中。她的眼里含着泪水。我也一样。

圣纳泽尔[61]，2016 年 12 月。——在离火车站几步之遥的小餐酒馆里，下午快结束了。挂在墙上的电视机播放着遥远战争的画面。被轰炸的城市让人想起第二次世界大战的黑白影像——那些褪了色的影像来自人们想要抹掉的过去。主持人的每句话，无一例外都是多余的。

倚靠着吧台的我是一具搁浅的灵魂，我周围是同样搁浅的灵魂。没有人谈论战争，因为今天的头等大事是当地足球队的比赛。球员们踢得好吗？——不好。

"战争"这事儿一旦说出口，所有人都缄默不言。长时间的沉默在酒吧冰冷的空气中蔓延开来，时不时冒出个玩笑，或者格言警句，而后是一声长叹。再次恢复沉寂。但沉默是暂时的，因为老板是法兰西通俗歌曲爱好者，他把所有的歌都背了下来，跟唱的同时，他的声音甚至盖过了歌手，还带着浓浓的乡愁。他的歌喉使那些即使很欢快的曲调也变得忧伤起来。

客人们是真正的开胃酒主祭：满满一杯白葡萄酒或者啤酒，圣体饼就是薯片或者煮蛋，看吧，他们在领圣体。他们来自本地，这些孤独的人儿。他们来自曾被美军轰炸、几乎夷为平地的大港口。只有德军的潜艇基地完好如初，被特意保留了下来。巨大的建筑懒洋洋地侧身躺着。磨损的混凝土外墙给它穿上了庄严而又显得疲惫的长袍。在小街和大道之间，周边的建筑很现代，这种新奇感早已过时。大块大块的水泥或瓷砖铺砌成的建筑粗俗地耸立在那里，像零散的多米诺骨牌。

云朵好似一片片灰色的棉朵儿，在酒吧上方坍塌，而后散作持久的薄雾。

这里有心脏在跳动，当地人的心脏。他们生自这片土地上的青草间，终有一天，他们会在上帝的恩典下升天。

"十一根小猪肉肠"

阴影本身有自己的微光，炽热的煤炭有自己的火光。一切都受到表层的矫饰与防护，就是从那里，一切将变得更大更强。

——茹贝尔[62]，《随思录》，1814年

　　1969年春天。——我的母亲迷恋上了她的新情人。他是瑞士商船队的船长——这绝不是玩笑。他具有北欧男子气概，即便他是瑞士人。妹妹给他取了个绰号，叫"十一根小猪肉肠"。他个子不高，身体壮实且肌肉发达，体毛茂盛；一头金发但剪得很短，浅蓝色的眼睛像逗号一样卧在眉弓下；他的牙齿特别白，但笑的时候也不会露出来；另外，他不笑，也不逗别人笑，除了非拿自己开涮不可。他一直保持着微笑，像是为了展现身处于世的满足感。

　　把我们所有人带去土伦海岸附近的荒凉的黎凡特[63]——裸体主义者的圣地——是母亲的主意吗？现在是四月份。天气不错，但起风了，从耶尔[64]起航的渡轮在海浪中颠簸。我们都吐了。

　　我们抵达黎凡特岛的小港。岛上面积最大的部分被武器装备管理总局和导弹发射实验中心占用了。

　　自 1860 年起，这个岛为专门关押未成年孩子的圣安娜少年教养院提供场地长达二十七年。少年教养院的成立得益于 1850 年 8 月 5 日拿破仑三世颁布的法律，该法律旨在清除城市和农村里所有未成年的孤儿、乞丐和流浪儿，把他们聚集在这里，并通过强制劳动对他们进行再教育——有些孩子还不到十岁。黎凡特岛上的少年教养院最多可以接纳三百名少年犯。

　　他们 6 点起床。每天要做十三个小时的苦力，除了周日。被剃光头发的孩子们在田里干活，采摘用于蒸馏的野草莓树的果实，还要制作蜂蜜和奶酪。

　　教养院禁止他们交谈。食物定量分配，而且不充足。孩子们早饭只能吃一块面包；午饭是面包配豆类煮成的清汤；晚饭是一碗浓汤。没有肉、鱼和水果。十个孩子中就有一个死于营养不良、疾病或者被虐待。百来个少年被葬在教养院附近的墓地里。其中四个孩子的名字依旧刻在那里：奥古斯特·胡斯当、欧仁·盖、埃梅·诺艾勒、西梅翁·苏拉日。他们当时年仅十岁。

　　到达赫利奥波利斯村之后，我们遇到了第一拨裸体主义者：老年人，皮肤皱巴巴的，被太阳晒伤了，上面满是卷曲的灰色汗毛；因上了年纪而萎缩的睾丸令人厌恶，还有那些下垂的乳房。现在轮到我们了，我们被要求脱光衣服——尽管在港口、村里的广场、市政厅、邮局和警察局，裸体被禁止，但在沙滩上必须全裸。母亲和"十一根小猪肉肠"喁喁私语着，炫耀着他们完美的身体。我十三岁半，妹妹比我小一岁。正是对性感到困惑与尴尬的年纪。对于我们八岁的小弟弟而言，裸体或许以另一种方式使他感到不自在。

　　我们羞愧地来到海滩上，用手遮挡着下体。但成年人很高兴地炫耀着自己，相互试探着。我们注意到了远处躲在沙丘后面的一个男人，他正用望远镜观察着我们。我们尝试着玩水，但玩的欲望已经消失了。我们因被迫暴露身体而感到非常压抑，便跑回了度假小屋。

　　傍晚，母亲突然和"十一根小猪肉肠"手拉着手出现在厨房，两人都赤身裸体。他们为我们准备了炒蛋，在桌上放了些香蕉和酸奶，然后就抛下我们扬长而去。我们三人单独在露台上吃了晚餐。

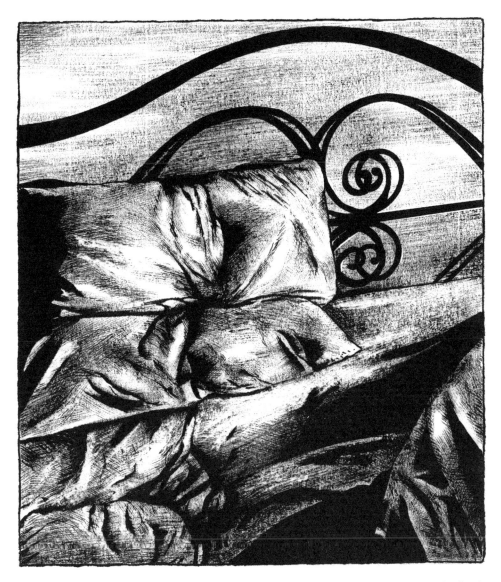

太阳一落山，天就变冷了。度假村因没有公共照明而陷入黑暗。我们依稀可以看到手电筒的光亮在小巷子里舞蹈。我们三人蜷缩在一张床上，根本无法入睡。我们一直等着母亲回来，等了好几个小时。但是她没来。如果"十一根小猪肉肠"把她绑架然后监禁了怎么办？要是他乱刀砍死了她，把她丢进海里该怎么办？夜很深了，我们终于睡着了。

醒来时，我们正好见到了母亲和"十一根小猪肉肠"。他们正在露台上吃早餐。他们已经脱光了。

　　我们一起去超市。赤身裸体的顾客们摆弄着摊位上的水果和蔬菜。下午，我们又回到了折磨人的沙滩上。就在那里，我们迎面遇到了演员米歇尔·西蒙[65]。他简直就是只浑身包裹着旧皮革的厚皮动物。他长时间在沙滩上蹒跚踱步，然后又在春天凉爽的海浪里绝妙地模仿了溺水。在我们眼里，他英勇的皱脸舒展成灿烂的笑容。歌手乔治·穆斯塔基[66]出现在更远一点的地方，他正赤身裸体地从岩石上冲下来。他像开屏的美丽孔雀，在沙滩上一边前行，一边和几位昏昏欲睡的女士打着招呼。

现在是 1969 年，人人都在唱着尤塞夫·穆斯塔基[67]的歌《外国佬》：

> 我这张外国佬的脸，
> 来自漂泊的犹太人、希腊的放牧人，
> 被四面八方的风吹乱的头发，
> 还有我浅色的眼眸，
> 它们让我看起来好像在做梦一样，
> 而我已经不常做梦了……

两年后，在科尔马举办的葡萄酒博览会上，我观看了穆斯塔基的音乐会。他刚唱完歌曲的前几段就不得不离开舞台，带着种族偏见的观众们喝着倒彩，向他扔西红柿和啤酒罐。

我们在黎凡特岛待了多久，我不清楚。

但我清楚地记得母亲赤身裸体的样子：她以自己的美貌为傲，因成为众人注目的焦点而备感幸福；我的母亲满溢着欲望、渴求和自爱，并因此散发着夺目的光芒；她赋予自由最原初的内涵。显然，如此美丽的身体必然会自我欣赏，仿佛属于这具身体的眼睛只能用来自我欣赏一样。

　　但我，她的儿子，完全不认同她的自由。直到现在，我身体最私密的部位都隐藏在短裤或长裤里。对我来说，这些衣服是种保护，使我免于遭受世界的侵扰。突然间，我不得不整日赤身裸体，将未完全发育的身体暴露于众人的目光之下，这伤害了我，尽管我当时并没有意识到。我感到非常羞耻，这种羞耻感伴随了我很长时间。

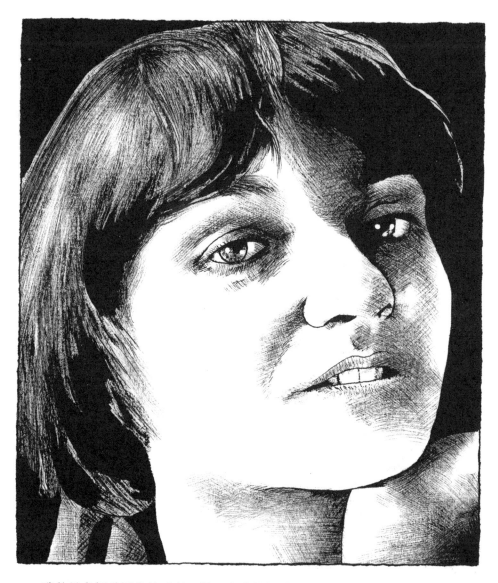

　　我的母亲扼杀了我的天真，她以自我性解放的名义埋葬了它。她认为她做这一切是为了社会解放，为了更美好的明天。但在这样的社会到来之前，我已经有足够的时间使幻想破灭——当"十一根小猪肉肠"当着我的面抓挠私处的时候。

逗弄鬼魂

我们想知道焦虑的缘由，因为我们无法理解，如此平静的时刻，我们竟会担心遭遇不幸。正是这种平静使所有人感到绝望。

——歌德，《意大利游记》，1787年5月14日

巴塞罗那，2017年3月25日。——刚才，从飞机的窗口看去，我正飞过比利牛斯山脉。云朵蜷缩在一起，相互依偎着，然后在海面上方片片剥落。大海像一碗碎青豆浓汤，它附着在沙滩上，海岸边，形成一条完美的边界，并渐渐变成炭黑色，像是木炭上覆满了蓝色的抓痕。细碎的云朵被万里无云的天空所取代。我想象着世界上转瞬即逝的美，想到了美的有效时限；我想起了渐渐消失的记忆。不管发生什么，那些我们最常讲述的记忆或许才是最持久的。因此最常被激起的回忆话语成了历史，我指的是属于我们自己的历史。

　　在我们的历史里，我们放入了泪水、绝望、十来个消失的人；我们也放入了欢笑，我指的是疯狂的笑——来自那些我们喜欢在餐后逗乐的人；我们还放入了大量的欲望、一时兴起的钟情还有友谊——有些友谊是神圣的，另一些会遭到背叛。在我们不知疲惫地重复叨念的事情之间，在记忆中侥幸逃脱遗忘的碎屑之间，什么都没有——那些永远消失的时刻和岁月。然而，每个人都放入了属于自己的东西。我们小心翼翼地将仅存的记忆捆扎起来；它们期待着被分享。我们多喜欢在外人面前把如小菜一般的感伤回忆再次回锅。这些回忆是我们还活着的证据，至少它们证实了我们曾经存在过。

　　我们喜欢编造自己的传奇。但没有这些故事我们会变成什么样子？在编造过程中最扣人心弦的就是，真相并不重要。尽管真相想要扮演最核心的角色，但它需要面对更厉害的角色：讲述过程中的润色、夸张与渲染所带来的陶醉与兴奋。我们就是以这样的方式修补着我们的生活。深藏于我们内心的、我们完全无法掌控的强大命运要求我们不得不对生活进行补缀。所有的记忆都是不完整的、片面的，哦，记忆是多么不公正啊。

　　云朵有更好的要说。它们来来去去，一会儿相互碰撞，聚了又散。它们是不断重演的无常，不停被中断的永恒。我透过舷窗凝视着这些云朵，突然间，一切在我看来既如此空幻，又不可或缺。这些美丽而又威严的云朵，它们嘲弄着我们，在我们的头顶上流下滚滚热泪。

　　我想起了1982年8月在北京的那个下午。天气很闷热。天空中蓦然升起一大片墨云。而后便下起了倾盆大雨，倾泻下来的雨水冲刷着滚烫的马路。雨水和水蒸气混杂在一起，漫到了大腿处。

　　我和我的朋友吕敏[68]骑着自行车，惊讶地发现天安门广场中央顷刻间变成了一个巨大的湖泊。每个人都高兴地叫喊着，笑着，开心地站在水深处洗起澡来，这大量温热的水舒适极了。

　　傍晚时分，天气又变得凉爽起来，碧空如洗，留下远处几道长长的粉色划痕。北京闻起来很不错，这种沁人心脾的气息来自雨水冲刷夏日街道时腾起的水气。雨水，所有的雨水都滋润着我的灵魂。当黑色暴风雨来临，天空不断被闪电撕裂时，这些雨水曾多少次激起我的愤怒与恐惧？

　　想象一下，1505 年 7 月 2 日，在前往斯托特恩海姆的路上，如果闪电没有突然出现在年轻路德[69]的头顶上，整个欧洲的命运或许会完全不同。路德躺在地上，害怕得瑟瑟发抖，他乞求上天："可怜可怜吧！发发慈悲吧，我的上帝！放过我吧，我会成为修士的！"闪电并没有落到很远的地方——或许还击中了他。

　　后来，这位宗教改革者发现到处都是魔鬼，包括在十字架上；他嘲笑着魔鬼，并向他做出鄙视的动作。路德曾经信过——哪怕只有一次——上帝吗？

　　说到底，回忆的隐喻从闪电开始，并以闪电结束。就像闪电源自云朵之间的战争，而后又在愤怒的电流中将云朵置于死地。

　　我的母亲患上了阿尔茨海默病，住在收容院里。她的第二任丈夫此前也因同样的病住了进去。他们不住在同一个房间，甚至不在同一个楼层。很长时间以来，他已经什么人都不认得了；我母亲也一样，她对每个人都笑嘻嘻的，最微不足道的事也能把她逗乐，仿佛变成了调皮的孩子，尽管她小时候并不顽皮。因药物作用，她的身体衰老得很快——曾经如此完美的身体，曾经因完美而备感欣悦的身体。

　　理性已经荡然无存。她眼神空洞，记忆已经死去。她看不见我。她站在我面前，但这已不再是她。我的话她完全没有听进去，而且总是答非所问。词继续存在，但已经失去了所有含义。词语失去了指涉，失去了主语。忘记了一切的人是否还活着？生命难道是记忆——经过修补或者篡改的记忆——之外的其他东西？我们说话，做事；而后，我们记得说过的话或者做过的事。

　　这样看着我的母亲使我泪流不止。我含糊不清地挤出一句善意的问候。我亲吻她就像亲吻蜡像娃娃一样。我逃走了。我呼吸到了外面新鲜的空气。我不会回去了。我的母亲正在死去。我坐在巴塞罗那海边的小餐馆里，但母亲为什么不在这里？为什么没有坐在我的对面？我可以让她忆起奥斯卡·王尔德[70]那犀利的话语："开始时，孩子们爱他们的父母。但一段时间后，孩子们就会评判父母。他们几乎不会——或者从不——原谅父母。"我的母亲肯定会表示赞同。

我爱我的弟弟。我们之间差五岁。他出生时，我第一次看见他，摇篮里的他是如此纤弱。我激动万分，既快乐又骄傲。我的妹妹也和我一样爱着他，因为手足之情也是爱的一种。

弟弟躺在那里，他是那么小，父亲把他抱在怀里，让他紧贴着自己的厚毛衣，母亲在一旁动情地看着。那一刻，父母之间、我们之间都充满了无限的温情。我们都爱弟弟。

当父亲去世时，弟弟只有五岁。他开始结巴。当他被某个词难住时，我为他感到难过。所有嘲笑弟弟结巴的人，我都会找他们算账。我们去参加夏令营时，别人都不敢发牢骚：我是宿舍的老大，也是足球队的队长。我是大哥哥，也是保护者。上帝知道我是如何保护弟弟的。

在父亲去世两年前，某个冬天的傍晚，夜幕降临。我们几个正在与一伙对手打架。冲突发生在一幢正在建设中的楼房前，周围是堆满建筑材料的工地。那里有水泥砖、黏土砖、模板和块状废铁。弟弟站在我身旁。一个对手抓起一块锋利的砖头碎片就朝弟弟脸上扔去。血从他的眼角流下来，把他的羊毛长大衣弄脏了。我把弟弟带回家，母亲尖叫起来。弟弟流了很多血，所幸伤口不大，但差一点就伤到眼睛。但还是留下了一道疤痕。第二天，我和几个人去给弟弟报仇。那次复仇非常可怕。

　　从 1965 年到 1969 年，我们的母亲和 P 一起生活。我不是 P 的儿子，或许因为我和父亲长得很相似，所以 P 对我非常反感。他强迫我做苦活儿，尤其是用泵抽取放在室外的燃料油桶里的油。在刺骨的寒冷中，我装满了一桶又一桶。这个男人很粗暴，而且经常酗酒。他打我的母亲。一天，他把母亲的耳膜打穿了。

　　他经常痛打我，以羞辱我为乐。他对我的妹妹也不好。相反，他很疼爱弟弟，弟弟不用遭受我们受过的罪。这让我难以忍受。

　　我开始报复弟弟：耳光、吐口水，还有肉搏，当然每次都是弟弟输。我越是和弟弟打架，P就越是要惩罚我，而且惩罚的方式总是很粗暴。一天晚上，他喝醉了，朝我脸上打了一拳，我失去了知觉。

　　十四岁时，司法监护人威胁要把我送去少年犯教养所，但我最终被送去了寄宿学校。之后我和妹妹又一起进入了迪约勒菲的一所"自由"学校。弟弟一直跟着母亲。她很快嫁给了一名记者，也是一位资深的滑雪爱好者。他成了我们的继父。

　　弟弟和继父对足球有着共同的爱好，我却讨厌所有运动。家庭节日期间，我经常会对着弟弟大喊大叫。

　　我对弟弟依然保留着很深的手足情谊。这或许不是相互的。我使他遭受的不公正待遇应该被原谅吗？我请求他的谅解。原谅我先前的幼稚行为，原谅我无心的残忍，原谅我的笨拙——不得不为过去道歉很奇怪，因为我们一旦长大，过去的自己和现在是如此不同。

　　至于弟弟，他并没有意识到我的忧伤和苦恼。作为大哥哥，我成了过世父亲的非法代替者。我总是那个被认定的犯错者——这个等式我已经内化了好些年。我和弟弟不经常见面。我们见面时也都保持沉默。即便这样，我也没有任何负罪感。"我们"是谁往往取决于我们能做的，而不是我们想做的。

　　有时，从童年记忆里会突然冒出某个遥远的人物：这既是别人，也是自己。他隐隐约约地存于我们心底。我们既无法纠正他，也无法使他更完美。但我们可以接受他，也可以为他感到惋惜。长大、变老后，我们忘记了他的容貌，他的脸也日渐模糊。刻在我们心底的仅是狂喜、天真和痛苦留下的模糊印迹。还有某种无与伦比、毋庸置疑且持久不灭的情感：我们对兄弟姐妹的爱。

2016年10月。——我前往罗马。我迫切需要浸润于古代文化中。一出机场，我就感觉到了夜晚黏稠潮湿的空气。过了市郊后，城市正式拉开帷幕：舞台上跃动着数个世纪以来不断被侵蚀的城墙和建筑外墙；灯火辉煌的商铺、酒吧和小餐馆；建筑物之间是蜿蜒曲折的马路，路上嵌着年代久远的铺路石和状况堪忧的沥青。最宽敞的街道上满是劳碌而奔波的行人。享受一盘意式牛肉丸子的时间——我忘记了世界，因为我身处世界的中心。

　　我生活在将餐桌艺术视为恶习的地方太久了。加尔文[71]很厌食，食物让他恶心：基于这种憎恶感，他创立了自己的宗教。欧内斯特·勒南[72]懂得欣赏意大利人骨子里的异教主义，这种异教主义只有在餐桌上才能得到最好的展现——确实，这里面有着能让人起死回生的东西。

　　泰斯塔西奥街区典型的廉价小餐馆。墙很高，墙面如含笑圣母的脸色一样苍白：墙体在尖形穹隆处会合。地面上夸张地排列着大块大块的大理石板，显得很庄严。大理石板一直延伸到墙脚，并沿着墙面向上铺，直至齐胸高。

　　和意大利所有地方一样，餐厅的桌布雪白，叠成上下两层。光线晃得我睁不开眼。这场面让我想起了审讯——要不我都招供了？巨大的餐厅里充斥着顾客们的嘈杂声，夹杂着餐盘上的餐具发出的叮当声响。在天主教徒的面具下，这些资深异教徒们仪式性地享用着由油炸马苏里拉奶酪和意式酱汁丸子制成的美味且古老的菜肴。我陷入梦境，忘记了时间。我是为了做梦和沉思才来这里的。我的生活在橡皮留下的碎屑里渐渐被擦去。

　　开场：美味可口的罗马式洋蓟，展开的心形洋蓟由西芹和薄荷调味；然后是还算比较成功的蛤蜊意面，尽管蛤蜊没有完全冲洗干净；接下来是甜椒鸡肉。这是个错误：这道菜完全失败了。块状的鸡肉被软化了，用勺子一敲就碎开了；甜椒也切得很粗糙，煮得太老以至于外皮就像套了层塑料薄膜一样；整个菜漂浮在番茄汤汁上，被过量的油脂彻底毁掉了。我并不清楚厨师们的意图，但我把自己的想法告诉了老板。老板连声道歉，并赠送了不限量的甜品和饮料。即便他侵犯了我视同生命的东西，但我接受了他的道歉。我们最后还开起了玩笑。

　　那个下午激动人心。我去了一位老太太家。她住在罗马的高处，从那里可以
看到斑驳的土地上一排排战后建起的楼房。她的丈夫二十几年前就去世了，但她
依旧住在夫妻曾经共同居住的公寓里。

　　她在昏暗的底楼接待了我，那层楼的玻璃窗洞朝向一堵几层楼高的墙。天空
就在那上面，湛蓝湛蓝的，但她家里却很幽暗。她没有开灯。而且天花板上一盏
吊灯也没有。

　　她告诉我，她的丈夫动不动就火冒三丈，他用扫帚柄把所有灯都毁掉了。自此以后，她就生活在永恒的黑暗中，仿佛在丈夫去世后，她依旧希望对他言听计从。

　　罗马像括号[73]一样向我开启，它的确很迷人，但很快又关上了，甚至比打开还要迅速。罗马是个欢快的城市。对我敏感的神经而言，罗马太过欢脱、太过绚丽，隐没于完美的树木之下——冬青栎、石松[74]、柏树、棕榈树——它们与从浅褐色过渡到栗色再到赭石色的建筑色调太过协调。

　　尽管罗马的墙面被装扮得如同旧衣店，尽管她的古迹看上去昏昏欲睡，尽管处处车水马龙，但罗马依旧是懒散的大城市。她身着过分华丽但难免有些俗气的旧衣裳。她那里有种生活的艺术，与其说这种艺术让我与生活和解，不如说它使我远离真正的生活。过多的生活反而摧毁了生活本身。那不勒斯则完全致力于对亡者的纪念仪式。在那不勒斯，死亡无处不在。那不勒斯与罗马：在这两座姐妹城市之间，嫉妒与分歧的鸿沟越来越深。

　　白昼在稀碎的阳光中渐渐离去，月亮尖尖的舌头刺穿了夜空。在公交车的车窗后面，树木的丛丛剪影不断闪过，变成无数墨点，随后又在静止建筑物形成的黑色阴影中散去，竞相成为昏昏暮色中的明星。透过半开的天窗，温和的空气轻抚着我的脸。我深感幸福——然而……泪水不觉涌上眼眶。

　　四十年前，这座城市曾经完全属于我：我和我的伙伴们——在奥斯蒂亚[75]，我们用蹩脚的意大利语和火车站周围的妓女、小流氓们开玩笑，然后骑上租来的"韦士柏"小摩托，一直骑到海边。我们还不到二十岁，罗马给了我们一切，我们当时所需要的一切：白葡萄酒、甜烧酒、面条、油炸猪脑和女孩子们。

　　从那以后，对于幸福，我们变得越来越吹毛求疵；我们不再满足于同样的无忧无虑：焦虑使我们的口水变得苦涩，它敲打着我们，就像我们为了使章鱼肉质变嫩不断敲击它们一样。

　　我曾是罗马公民。我笑着，为戏剧中被吞噬的基督徒们喝彩。然后我穿过铺路石铺成的小路回到家中，把加了一堆香料的热锅炖菜当晚饭，并喝掉了半瓶葡萄酒。我的奴隶们来来去去，听从于我的命令，满足我任性无理的要求。我也曾是他们中的一员，我曾过着无足轻重的生活，明天对我而言只是又一个被苦活占据的日子。或许，谁知道呢，斗兽场的建成也曾有我的一份功劳？

　　1786 年，歌德在罗马曾注意到罗马历史的特殊之处：我们对罗马史的阅读没有遵循从外向内的秩序，而是从内向外展开，因为"在我们周围，一切都有序地展开，一切都以我们为出发点。这是千真万确的，不仅仅适用于罗马史，也适用于一切历史"。

　　在菲乌米奇诺机场嘈杂的自助餐厅里，我坐在一盘极其普通的盒饭前消磨时光，观赏着飞机的起起落落。罗马之行结束了。天空在等着我。眨眼间，世界剥去了外衣：她凭借工程学奇迹一片一片组装起来的巨大躯体毫无保留地展现在我眼前。

　　白天更早些时候，公共汽车沿着古罗马斗兽场——被遗忘的奴隶们在同样寂寂无名的奴隶主的命令和鞭笞下所建筑的斗兽场——的一侧行驶着。斗兽场雄伟庄严，这大片带孔洞的建筑由孔石、凝灰岩、砖块和水泥建成——如此大费周章仅是为了使不怀好意的人群晕头转向，有必要吗？在这里，人们大声叫嚷，相互推搡着坐在台阶上，为狩猎野兽、死刑犯的处决、战车比赛、海战模拟表演，以及角斗士之间的生死搏斗欢呼喝彩。

　　为了建造角斗士、竞技者和犀牛的争斗之地，为了砌筑那巨型漏斗状洼地的立柱和拱券，成千上万的人曾饱经苦难、挥汗如雨、放声哭泣。这一切仅是为了让老百姓暂时忘记眼下的烦恼。现如今，斗兽场仅剩下令人肃然起敬的躯壳；那些愿意倾听历史的人一定能听到远古灵魂的呼啸声，甚至大象沉重的脚步声，以及受刑之人的抽泣声。历史就在那里，蜷曲在尘土下，张口但无言；懂得倾听的人一定能听到历史的哀叹。

资料来源

Stendhal
Vie de Henry Brulard
Bibliothèque de la Pléiade
Gallimard, Paris, 1982

Søren Kierkegaard
Journal, 1850-1853
Gallimard, Paris, 1957

Pascal
Œuvres complètes
Bibliothèque de la Pléiade
Gallimard, Paris, 2000

Charles Juliet
Rencontres avec Bram Van Velde
P.O.L, Paris, 1998

Nicolas Bokov
La Conversion
Noir sur Blanc, 2003

Benjamin Fondane
Poèmes retrouvés, 1925-1944
Présentés par Monique Jutrin
Parole et Silence, Paris, 2013

Friedrich Nietzsche
Fragments posthumes,
Début 1888 – début janvier 1889
Œuvres philosophiques complètes XIV
Gallimard, Paris, 1977

Joubert
Pensées
Bibliothèque 10/18
Union générale d'éditions, Paris, 1966

Goethe
Voyage en Italie
Bartillat, Paris, 2003

Oscar Wilde
Œuvres
Bibliothèque de la Pléiade
Gallimard, Paris, 1996

Dessin p. 36:
d'après *La Folie de Hugo van der Goes*, d'Émile
Wauters, 1872
（注：第 36 页插图临摹自埃米利·沃特斯 [76] 作
品《雨果·凡·德·胡斯 [77] 的疯狂》。）

注 释

1. 作者的《不确定宣言》系列第一卷于 2012 年出版，目前已出至第九卷。

2. 原文为"Loge P2"，指"Propaganda Due"，是成立于 1877 年的共济会大东方组织下的意大利支部。这是一个极右组织，后因违宪而转入秘密活动，成为一个假借"共济会"名义的秘密组织。

3. 伊西多尔·杜卡斯（Isidore Ducasse，1846—1870），出生于乌拉圭的法国诗人，以笔名洛特雷阿蒙伯爵（Comte de Lautréamont）闻名遐迩，著有《马尔多罗之歌》等诗歌杰作。

4. 瓦尔特·本迪克斯·舍恩弗利斯·本雅明（Walter Bendix Schoenflies Benjamin，1892—1940），德国学者，犹太人，被称为"欧洲的最后一位文人"。主要作品有《德国悲剧的起源》《发达资本主义时代的抒情诗人》《单向街》《巴黎拱廊街》等。本雅明的一生是一部颠沛流离的戏剧，他最后在西班牙边境的海边小镇布港镇自杀。他也是《不确定宣言》前三卷中最主要的主人公。

5. 科斯塔斯·帕帕约阿努（Kostas Papaïoannou，1925—1981），希腊裔法国哲学家和艺术史学家，以研究黑格尔以及马克思的作品而出名。

6. 威廉·福克纳（William Faulkner，1897—1962），美国作家，意识流文学在美国的代表人物，1949 年诺贝尔文学奖得主，其最著名的作品为小说《喧哗与骚动》（1929）。

7. 索伦·克尔凯郭尔（Søren Kierkegaard，1813—1855），丹麦作家、诗人和神学家，他的作品被认为是基督教存在主义的早期形式。

8. 司汤达（Stendhal，1783—1842），又译斯丹达尔，19 世纪法国批判现实主义作家。代表作有《阿尔芒斯》《红与黑》《巴马修道院》等。

9. 布莱兹·帕斯卡尔（Blaise Pascal，1623—1662），法国数学家、物理学家、发明家、哲学家、道德家和神学家。

10. 若阿基姆·杜·贝莱（Joachim du Bellay，1522—1560），法国诗人，他与皮埃尔·德·龙萨（Pierre de Ronsard）的会面促成了七星诗社（Pléiade）的建立，著有《罗马怀古》《悔恨集》等。

11. 若泽·玛利亚·德·埃雷迪亚（José Maria de Heredia，1842—1905），古巴裔法籍诗人，生于西班牙，1893 年加入法国国籍，帕尔纳斯诗派的重要诗人。

12. 阿尔弗雷·德·维尼（Alfred de Vigny，1797—1863），法国作家、小说家、剧作家和诗人。1838 年 10 月创作了最负盛名的诗歌《狼之死》（La Mort du loup!），后收入《命运集》。

13. 此段诗歌为《狼之死》选段。

14. 斯特拉斯堡（Strasbourg）位于法国的东端，隔莱茵河与德国相望，是法国大东部大区首府和下莱茵省的省会。

15. 维特里勒弗朗索瓦（Vitry-le-François），法国东北部城市，城市名称来源于弗朗索瓦一世，建于 16

世纪中期，其城区形状呈正方形，街道之间均为直角相交，并几乎完全对称，是法国著名的棋盘城。

16. 布拉姆·凡·费尔德（Bram Van Velde, 1895—1981），荷兰画家。

17. 叙雷讷（Suresnes）为巴黎西郊城市，位于塞纳河左岸。

18. 科尔马（Colmar）是法国东北部阿尔萨斯的一个小镇，也是上莱茵省省会。

19. 奥尔坦格（Oltingue）是法国上莱茵省的一个市镇，位于该省中南部。

20. 尼古拉·博科夫（Nicolas Bokov, 1945—2019），法籍俄裔作家，1975 年移民至法国，代表作有《归依》（*La Conversion*）等。

21. 茨冈人即罗姆（现属罗马尼亚）人，为起源于印度北部，后来散居全世界的流浪民族。罗姆人与跟他们有密切关系的信德人又合称为吉卜赛人。不过，大多数罗姆人都认为"吉卜赛人"这个名称有歧视意义，所以不使用。欧洲亦有许多国家称罗姆人为茨冈人。罗姆人以其神秘的形象著称，历史上多从事占卜、歌舞等职业。罗姆人在历史上也遭受了歧视和迫害，纳粹德国曾将罗姆人和犹太人一样关进集中营进行屠杀，有许多人对罗姆人仍保有极其负面的印象，认为罗姆人是乞丐、小偷或者人贩子。

22. 原书中，叙事与日记体交叉。具体日期之后通常是日记体，原作者用"——"将日记内容与日期隔开。

23. 佩里格（Périgueux）是法国西南部城市，阿基坦大区多尔多涅省的省会，也是该省最大的城市。

24. 阿瓦隆（Avallon）是法国勃艮第大区约讷省的一个市镇。

25. 转动桌子属于招魂和通灵的秘术，通灵论的信徒们相信可以通过转动"ouija"的板与亡灵沟通，此处作者想通过转动桌子召唤祖父的亡灵，以便其在作画时被祖父附体。

26. 凯尔（Kehl）为德国边境小镇，与斯特拉斯堡仅一桥相隔。

27. 居尔集中营（Camp de Gurs）位于比利牛斯山脚下，距西班牙边境三十公里，是法国约一百个集中营里最大的一个。1939 年，建成初期用于关押流亡到法国的、参加了西班牙内战的国际纵队战士。1940 年开始，此处专门拘禁妇女，最多容纳两万人。哲学家汉娜·阿伦特也曾关押于此。

28. 波拉克（Polack）：Polack 或 Polak 这两个名字是对有波兰血统的人充满贬义的称谓，甚至具有种族诽谤的色彩。

29. 犹大：耶稣挑选的十二使徒之一。据《新约》记载，犹大因贪财而出卖耶稣，耶稣被十字架钉死后，他又因极度悔恨而自杀。

30. "被抓去当兵的人"（Malgré-nous）：法语中"Malgré-nous"直译为"不顾我们（的意愿）"，特指第二次世界大战期间被德军强制要求加入德国国防军和党卫军的阿尔萨斯人和摩泽尔人。

31. 勒克莱尔元帅（le général Leclerc, 1902—1947），毕业于圣西尔军校和高等军事学院。第二次世界大战初期任步兵上尉。1940 年受伤被俘。后逃至英国，参加戴高乐领导的"自由法国"运动。同年 8 月前往非洲，化名勒克莱尔，先后任法属喀麦隆总督和法属赤道非洲"自由法国"部队司令。1941 年率部自乍得北上，在沙漠中与意军作战。1943 年 1 月进抵利比亚首都的黎波里，与英国第 8 集团军会师。同年参加突尼斯战役，组建法第 2 装甲师。1944 年指挥该师参加诺曼底登陆战役，率先攻入巴黎，获"解放者"称号。11 月率部攻克斯特拉斯堡，随后进军德国，协同美军攻占贝希特斯加登。1945 年 7 月任法国远东远征军总司令，9 月代表法国接受日本投降。1946 年 7 月任驻北非法军总监，同年死于飞行事故。1952 年被追授法国元帅军衔。

32. 本雅明·丰达内（Benjamin Fondane, 1898—1944），罗马尼亚裔哲学家、诗人、剧作家、散文家、文学评论家和电影制片人，1938 年加入法国国籍，其创作语言主要是法语，1944 年死于奥斯维辛集中营的毒气室。他的代表作有《尤利西斯 I》（*Ulysse I*）等。

33. 阿尔穆涅卡尔（Almuñécar），西班牙安达卢西亚自治区格拉纳达省的一座城市，位于热带海岸沿线。

34. "大元帅"实指弗朗西斯科·佛朗哥（Francisco Franco，1892—1975），自 1939 年起到 1975 年，西班牙都处于"大元帅"佛朗哥的独裁统治之下。

35. 阿利坎特（Alicante），西班牙东南部港口城市，临地中海阿利坎特湾。

36. 塔韦纳斯（Tabernas）沙漠，位于西班牙安达卢西亚阿尔梅里亚省。这里是全欧洲日照最多，也是最炎热的地方。

37. 意大利西部片，又称"意大利面西部片"，来自英语 Spaghetti Western，是一种 20 世纪 60 年代兴起的新西部片。

38. 塔拉戈纳（Tarragona），西班牙东北部城市，濒地中海，位于弗兰科利河口。

39. 《探险家麦克斯历险记》（ Les Aventures de Max l'explorateur）为比利时漫画家盖伊·巴拉（Guy Bara，1923—2003）创作的连环画。

40. 尼采，《权力意志：1885—1889 年遗稿》，孙周兴译，商务印书馆，2007，第 1347 页。

41. 法国什锦锅（cassoulet）：朗格多克的区域特产，是一种以炖白豆为基础的传统菜肴。白豆经过长时间的炖煮，入口即化，这就是成功的秘诀。根据地域不同，在这个炖菜中加入的配料也不一样，可加入如鹅肉、鸭肉、培根、猪肘、香肠、羊肉等肉类，还可以加入番茄、芹菜、胡萝卜等蔬菜。

42. 古斯古斯（couscous）：西北非国家的传统主食之一，用杜兰小麦制成的外形有点儿类似小米的粗粮。烹饪时可配以蔬菜、香料、橄榄油和肉（红肉或家禽肉）或鱼。

43. 里奥哈（Rioja），西班牙最著名的葡萄酒产区，位于西班牙北部，分布于埃布罗河（Ebro）两岸，由拉里奥哈（La Rioja）、阿拉瓦省（Alava）和纳瓦拉（Navarra）等不同辖区共同构成。

44. 雷蒙毕尔鄂酒庄（Ramon Bilbao）位于西班牙哈罗市（Haro），是西班牙最著名的百年葡萄酒庄之一。该酒庄得名于它的创立者雷蒙毕尔巴鄂家族。

45. 克莱芒·罗塞（Clément Rosset，1939—2018），法国哲学家。

46. 弗雷德里克·齐福特（Frédéric Schiffter，1956— ），法国哲学家、作家。

47. 巴尔塔萨尔·格拉西安·伊·莫拉莱斯（Baltasar Gracián y Morales，1601—1658），西班牙黄金时代的作家和散文家。

48. 比亚里茨（Biarritz）海滩为法国西海岸最大的度假胜地，位于大西洋与比利牛斯山脉之间，临近大西洋，有着长达四公里的海岸线，是法国唯一具有西班牙风情的地区。

49 塔帕斯（Tapas），西班牙风味小吃。

50. 《第一次十字军东征匿名史》（ l'Histoire anonyme de la première croisade）又称为《耶路撒冷朝圣期间法兰克人和其他民族的行为记录》（ La Gesta Francorum et aliorum Hierosolimitanorum），是对第一次十字军东征的匿名记述，由一位参加过十字军东征的骑士撰写于 1099—1101 年间。

51. 亚德瓦希姆大屠杀纪念馆（Yad Vashem Memorial），又译"以色列犹太大屠杀纪念馆"，是以色列设立的纪念纳粹对犹太人进行大屠杀的国家机构。

52. 伯利恒（Bethléem），巴勒斯坦南部城市。希伯来文原义为面包之家，因为是耶稣的出生地而闻名世界，每年吸引全球数百万基督徒前来朝圣。

53. 起义（Intifada）：来自阿拉伯语 انتفاضة，通常表示对压迫政权或外国敌人的反抗。此处指巴勒斯坦青年为反对以色列自 1987 年 12 月 9 日以来的占领而发起的群众起义，又被称为投石战争。

54. 青少女社群（Jungmädel bund）：德国纳粹时期希特勒青年团下由十岁至十四岁女孩组成的分支组织。

55. 元首（Führer）：这里特指希特勒。

56. 哈罗恩·塔捷耶夫（Haroun Tazieff, 1914—1998），俄裔火山学家、农业工程师、采矿工程师、作家和电影制片人，于 1936 年加入比利时籍，后又于 1971 年加入法国籍。他执导的纪录片《火山禁止令》（*Le Volcan interdit*）于 1967 年被提名奥斯卡最佳纪录长片。

57. 情境主义是 20 世纪中后期欧洲非常重要的一种社会文化思潮，它是直接影响欧洲现当代先锋艺术和激进哲学话语的重要思想母体。在法国 1968 年的"五月风暴"中，作为一种批判的艺术观念，情境主义在西方近现代历史进程中第一次成为所谓的新型"文化革命"的战斗旗帜，主要代表人物有居伊·德波（Guy Debord）、拉乌尔·范内格姆（Raoul Vaneigem）、米歇尔·德·塞尔托（Michel de Certeau）等人。

58. 托洛茨基派（Trotskyite）：托洛茨基主义是一种政治哲学，主要基于莱昂·托洛茨基（Léon Trotski, 1879—1940）的著作、行动和思想。

59. 米卢斯（Mulhouse），法国东部城市，也译牟罗兹。近德国边界，是上莱茵省最大的城市，也是阿尔萨斯大区仅次于斯特拉斯堡的第二大城市。

60. 指搭便车。

61. 圣纳泽尔（Saint-Nazaire），法国西部城市、海港，属卢瓦尔省。

62. 约瑟夫·茹贝尔（Joseph Joubert, 1754—1824），法国道德家、散文家。代表作有《随思录》（*Pensées*）等。

63. 黎凡特岛（île du Levant），法国最著名的裸体者聚居地，位于普罗旺斯地区。

64. 耶尔（Hyères）是法国普罗旺斯 – 阿尔卑斯 – 蓝色海岸大区瓦尔省的一个市镇，属于土伦区。

65. 米歇尔·西蒙（Michel Simon, 1895—1975），瑞士演员、导演、制片人，是 20 世纪戏剧界和电影界的重要人物，一生出演了 145 部电影、150 部戏剧，如《三个臭皮匠》《毒药》等。

66. 乔治·穆斯塔基（Georges Moustaki, 1934—2013），埃及裔意大利创作型歌手，1985 年加入法国国籍。他还是艺术家、画家、作家和演员。

67. 尤塞夫·穆斯塔基（Yussef Mustacchi）是乔治·穆斯塔基出生时的名字。

68. 吕敏为音译。

69. 马丁·路德（Martin Luther, 1483—1546），德国奥古斯丁派修士和神学教授，后来成为宗教改革运动的发起者。传说，1505 年 7 月 2 日，马丁·路德在斯托特恩海姆附近的田野中遭遇了一场猛烈的雷暴，据说这使他成了一名修道士。随后，他在爱尔福特大学从法律转向神学，并进入奥古斯丁修道院。

70. 奥斯卡·王尔德（Oscar Wilde, 1854—1900），爱尔兰作家、小说家、剧作家和诗人，著有《不可儿戏》《道林·格雷的画像》《理想丈夫》等。

71. 约翰·加尔文（Jean Calvin, 1509—1564），法国神学家、宗教改革者、基督教新教加尔文宗创始人。

72. 欧内斯特·勒南（Ernest Renan, 1823—1892），法国作家、语言学家、哲学家和历史学家。

73. 法语中经常会用到"打开括号""关闭括号"的说法。

74. 意大利五针松，又名石松、意大利松、意大利伞松。原产欧洲南部，主要是伊比利亚半岛。

75. 奥斯蒂亚（Ostia），位于罗马市郊的一座古罗马时期的港湾都市遗迹。

76. 埃米利·沃特斯（Émile Wauters, 1846—1933），比利时画家。

77. 雨果·凡·德·胡斯（Hugo van der Goes, 1440—1482），15 世纪末最重要和最具创新精神的弗莱芒画家之一，著有《哀悼基督》《耶稣受难》等。

出版后记

法国作家、艺术家费德里克·帕雅克的《不确定宣言》是 21 世纪第二个十年中令世界瞩目的出版现象，一共九卷，从 2012 年到 2020 年陆续出版，在出版的过程中就斩获了欧洲三大奖项：2014 年获美第奇散文奖，2019 年获龚古尔传记奖，2021 年获瑞士文学大奖。

2021 年秋，后浪引进出版了《不确定宣言》为瓦尔特·本雅明立传的前三卷，受到广泛关注，年终时不仅入围《新京报》年度阅读推荐榜，还被评为该报年度好书。《新京报》给《不确定宣言》的致敬词这样写道："作者用最契合本雅明的方式打通了文学、传记、艺术与历史记忆之间的通道，用黑白相间的笔墨描绘了那个明暗交织的时代中光影错乱的人们。"

龚古尔文学奖得主莱拉·斯利马尼评论道："与您料想中的不同，这部书既不是传统传记也不是文人学者们的研究大作。《不确定宣言》的写作基于详实的文献资料，它能给您非常多的东西，但它的美并不在于此。它的力量源自作者独到的视角——作者以极为个性化、恣意洒脱且自由不羁的方式走向另一位艺术家。写作的帕雅克既不是历史学家，也不是圣徒传记作者，他的《不确定宣言》在拒绝一切观念学说、一切确定性的同时，赋予怀疑与裂痕以无上特权。我赠予书的亲友们都被它征服了：和我一样，他们开始收集这个系列，将其作为礼物赠给他人；这些书的阅读陪伴着他们度过无眠之夜。书中的那些词句、那些铅笔勾勒出的人脸和树木、由火车车窗偶然瞥见的身影、日常转瞬即逝的影像久久地萦绕在我们心头。当我们再抬起眼，我们会发现世界的美与荒诞比任何时候都要明晰。"

为了向中国读者完整呈现《不确定宣言》的艺术思想、艺术风格和艺术成就，后浪将继续出版余下的六本，各卷（副书名均为后浪编辑所加）内容如下：

第 1—3 卷《本雅明在伊比萨岛》《本雅明在巴黎》《本雅明在逃亡》。以三卷本为瓦尔特·本雅明立传，讲述 1932 年后，居无定所的本雅明从西班牙伊比萨岛到巴黎，到关进涅夫勒的集中营，再到马赛，最终自决于比利牛斯山布港小镇的经历。

第 4 卷《不可救药的戈比诺》。描述法国贵族、精英主义者阿瑟·德·戈比诺的一生：从他令人绝望的种族主义思想，到他孤独地死在都灵的一个酒店房间里。作者同时重温并审视了 20 世纪 70 年代初自己在一所寄宿学校上学的青少年时代。

第 5 卷《凡·高画传》。对凡·高的孤独奇遇进行了全方位的描述。从他的家乡荷兰到奥维尔 – 瓦兹河畔，从伦敦、博里纳日、巴黎、阿尔勒，再到圣雷米，再现了凡·高生活中鲜为人知或被曲解的经历，特别是他的自杀，根据一个可能的凶手迟来的证词，我们可以重新审视。

第 6 卷《帕雅克之伤》。作者回顾了自己的童年和青春期，以严肃又幽默的笔触描述三个标志性事件：父亲的死，在西班牙发生的一场奇怪的车祸，在土伦海岸一个岛屿上的噩梦般经历。

第 7 卷《狄金森，茨维塔耶娃》。讲述 19 世纪的艾米莉·狄金森和 20 世纪上半叶的玛丽娜·茨维塔耶娃，两位充满传奇和悲剧的女诗人的人生故事。通过两个女人的勇敢一生，记录了在冷漠、敌意、审查制度下幸存下来的文学冒险：她们在形式、节奏、隐喻上动摇了文学秩序，创造出一种全新的诗歌艺术。

第 8 卷《记忆地图》。这是一份将传记、自传和小说交织在一起的作品，描述记忆的不确定性带来的痛苦和狂喜。通过两个私密性的故事，作者邀请我们踏上一段穿越瑞士阴暗风景的旅程。穿插在这些叙述中的是两幅人物肖像：一幅是作家莱奥托，在画家马蒂斯笔下永垂不朽；另一幅是历史学家勒南，他正经历一场重大的信仰危机。

第 9 卷《与佩索阿一起》。在最后一卷中，作者带领读者见证 20 世纪最著名的葡萄牙作家费尔南多·佩索阿的传奇一生，他的出生与成长，他的诸多"异名者"和作品，他隐身式的文职生活和一段柏拉图式的不幸恋情。其间穿插作者在撒哈拉沙漠、美国、中国和欧洲的冒险之旅。本卷汇集了不同的声音，传记与自传，旁白与自省，200 多幅图画形成迷宫般的叙事。